新典社選書102

# 「宇治」豊饒の文学風土

――成立と展開に迫る決定七稿――

日本文学風土学会 編

新典社

# 宇治雑感「日本文学風土学会なかりせば」――「前書き」に代えて――

衆議院議員　馳　浩

二〇一六年六月十八日土曜日、僅か二時間余りの滞在。

ＪＲ奈良線の宇治駅に降りて、わかりやすい道順を教えてもらい、昔ながらの街道を抜け宇治橋に立つ。上流側の欄干に両肘をついて、川面から立ち上る空気を吸い込み、鼻の頭の汗をぬぐい、川風に吹かれてしばし佇む。ひっきりなしに行き違う観光客は写メを撮るのに夢中。

同音異義語「宇治」「憂し」「丑」さらには「後ろ」…スマホで検索してみる。平安の昔にはこんなことできなかったろうに、と苦笑しつつ和歌の詠み手や物語の作者は宇治の風土からどんな景色やシナリオを着想したのだろうかと興味が湧く。洛中から遠く身を置いた安心感、落魄の無念、自然の中に埋もれるような隠れ家、はたまた華美な都への忌避と希求とが交錯する思い、不義密通の背徳…。

梅雨の晴れ間の昼下がりのまとわりつくような暑さ、冬ともなると切り込むような凍てつきの地と化すであろう過酷な自然が、癇癪持ちの情熱漢とか、呑気な女房や頑なに父の教えに従うおぼこい姫君や、几帳面な老女などの面々を文学の場面に登場させるのだろうか。

風土が文化を紡ぎだす。その根幹には文学があり、文学は風土から生命を吹き込まれる。

専修大学文学部での学生時代、恩師の中田武司先生に導かれて日本文学風土学会の末席に加えて頂き、爾来三十七年。今回の宇治訪問は、平等院塔頭で開催される春季大会へ出席するため。メインは宇治をテーマにした研究発表。司会は根本欣哉さん、発表者は及川道之、中田幸司、石黒吉次郎の各氏。いずれも勝手知ったる同好の士である。

ただ少しだけいつもと空気が違ったのは、この当時私は現職の文部科学大臣だった事。「末は博士か大臣か」と、中田幸司先生と互いに励ましあった若かりし二十代のころが懐かしく思い出される。

この大会での席上、私には「日本遺産」制度の発足について報告するべきことがあった。国会議員になって二十年、現在は会の代表理事を務める及川先生から「歌枕百選」を文化政策に位置付けるよう、ずっと口説かれていてそれがこの制度の伏線となっていたのである。

国語の教師経験がある文教族の一員として、それまで文化庁の担当者と長らく意見交換していた事に加えて、「日本の文化政策を所轄を横断して展開できる道筋をつけよう。文化財を有難く保存するばかりではなく、コスト消費につなげ、街づくりに活用できないだろうか。食文化や伝統行事などの生活文化は新たな観光の掘り起こしにならないか」～第二次安倍政権下の文科大臣下村博文さんと阿吽の呼吸でしばしば話題にしていた頃である。そうした中で「これだ！」と閃いたことがあった。

「地方再生化に大きく寄与」

（及川道之「歌枕百選趣意書」より）

世界遺産とは異なる価値観でいこう。日本ならではの地域文化性に着目して、土地土地の風土と、そこでの暮らしから紡ぎだされた物語性を再発見する。言わば平安以来の歌枕の発想である。采女たちが各地の伝承伝説を宮中に持ち寄ったように、全国各地の生活文化に根差すストーリーをまとめ上げ、これを文化庁が認定、コト消費へとつなげられる！

ところが事は順調には進まなかった。もともと文化庁の関係者には歌枕への認識が乏しい。機会のあるたびに懇切な説明を繰り返した。が、及川先生の言う「歌枕百選」では、一般の人びとにはいかんせんなじみが薄い。むしろ世界遺産の向こうを張った「日本遺産」の方が政策展開としては柔軟に対応できるという結論に至る。

方向が定まると事態は一気に進展、

「二〇二〇東京五輪までに全国で百箇所の日本遺産を認定しよう」

「各地の教育委員会から候補地を募ろう」

「建造物や仏像にこだわらず、地域固有の文化が形成された歴史性に着目しよう」

となった次第。

そう、「日本遺産」の着想の根っこは「歌枕百選」にあったのである。

平等院塔頭でのあいさつの折に、二〇二〇年までに全国で百箇所を認定し、現段階で第一弾が認定されている旨の報告をさせて頂いた。

あくまでも私見だが、政治家も（政治家だからこそ）文学に加えて落語、音楽、美術工芸などを大いに愉しむべきと考える。文学芸能芸術に心動かされずして、なにが税の再分配か！ と。

会員歴四十年に近い者の戯れ言と受け留められることを顧みず述べるならば、日本文学風土学会は文学への多様な関心を集約発信する稀有な場であり、そこに専門的な研究者だけではなく、私のようなメンバーが集っているのもまたそれ相応の意味があるのではないだろうか。

平成最後の二月一日

# 目　次

# 文学風土「宇治」の基層と展開

及川道之

## 佐久奈谷と道綱母

『蜻蛉日記』天禄元年七月の条には、作者道綱母が石山寺へ参籠した折の赤裸々とも言える心情が詳細に記される。すなわち、まだ幼い我が子を同道しての寺籠りともなれば、周囲の人々からこれを非難されることは必定であり、そのために「二なく思ふ」一子道綱を都に残しての参籠を余儀なくされるが、やむを得ない事情とはいえ、最愛の我が子から距離を置いたことも多分にあってか、これを機に死ぬ算段を整えたい（「死ぬるたばかりをもせばや」）と、自死へと傾きがちな心情が吐露されている。

そうした思いを抱える道綱母にとっては、偶然耳にした供人たちの会話はそのまま聞き捨てにしておけない内容を含むものであった。それに触発されるようにしていっそう顕となった自死への思いが改めて記されている。

> をのこどもの中には、「これよりいと近かなり。いざ佐久奈谷見には出でむ」「口引きすごすと聞くぞ、からかなるや」など言ふを聞くに、さて心にもあらず引かれいなばやと思ふ。
>
> （新編日本古典文学全集『土佐日記蜻蛉日記』）

「これよりいと近かなり」と、石山寺の門前を流れる瀬田川を南に下った地にある「佐久奈谷」への見物を「見には出でむ」と誘う一人の男の発言を受けて、別の男がその地は「口引きすごす」（谷の口から吸いこまれる）場所と聞いており、万一そんな状況にでもなってしまったなら「からかなるや」、すなわち辛い目に遭うことだなあと嘆きの声をあげて応じている。両人の間で交わされるやりとりを耳にした作者は、自身もその地へと赴いて「心にもあらず引かれいなばや」、つまり明らかな自己の意志に基く行為ではなく、あたかも不慮の出来事にでも遭遇してしまったかのようにして谷川の流れの中へ引きずり込まれてしまいたいと、自身の内にある自死への願望を述べている。

吉田東吾『大日本地名辞書』では、「櫻谷」の項目を掲げて以下のように記述している。

古名佐久奈度と曰へり、大石村大字東村に在り、後世此名は心見谷と混同し勢田川の谷の總名と爲る、蓋佐久奈度は今の鹿飛の瀬に基因す。輿地志略云、佐久奈谷は京城大七瀬の一にして公事根源に見ゆ、

これによると佐久奈谷は古くは「佐久奈度」と呼ばれていたが、項目にもあるように「櫻谷」と称され、山間を流れる瀬田川の渓谷全体の総称としても用いられた経緯が記されている。けれども「いざ佐久奈谷見には出でむ」という先に引いた『蜻蛉日記』の記述からも明らかなように、本来は瀬田川の限られた地点を指す呼称であったことは間違いなく、「今の鹿飛の瀬に基因す」とあることから、鹿などの敏捷な動物以外には対岸に渡ることが不可能と見られていたほどの激流に由来する地名として捉えるのが妥当と思われる。

さらに同書は『輿地志略』からの引用として「佐久奈谷は京城大七瀬の一にして公事根源に見ゆ」と記すが、『国史大辞典』の項目「七瀬祓」では「平安時代、毎月、天皇がみずから罪・穢をなすりつけた人形（撫物）を陰陽師公家らが川合・一条・土御門・近衛・中御門・大炊御門・二条末の七瀬に出て水に流した祓の行事」とあり、「のち十一世紀ころ、隔月に耳敏川・河合・東滝・松崎・石影・西滝・大井川の七瀬で行われ範囲が洛外にまでのび、七瀬祓はさら

に臨時の大規模な行事として河臨祓へと発展し、その場所は難波・農太・河俣（摂津国）、大島・橘小島（山城国）、佐久那谷・辛崎（近江国）の七か所となった」との解説が付されている。

本来七瀬祓は京域内――下賀茂社本殿の南方に広がる糺の森に鎮座する「川合」社は厳密には京域外――に限られていたが、次第に周辺の地へとその範囲が拡大したのに伴い、近江の国における修祓の地として琵琶湖畔にある辛崎と琵琶湖の南岸に端を発した瀬田川の流路に当る佐久奈谷とが加えられたものと解される。

## 佐久奈度神

『蜻蛉日記』に記された佐久奈谷の地に鎮座する式内社佐久奈度神社は、現在の社地は琵琶湖から南に流れる瀬田川が山間の地を大きく西へと屈曲する左岸側の高台に位置しているが、かつてはまさしく「鹿飛の瀬」の呼称が相応しい激流の川辺にあった。この地を「口引きすごす」（『蜻蛉日記』）と供人たちが話題にし

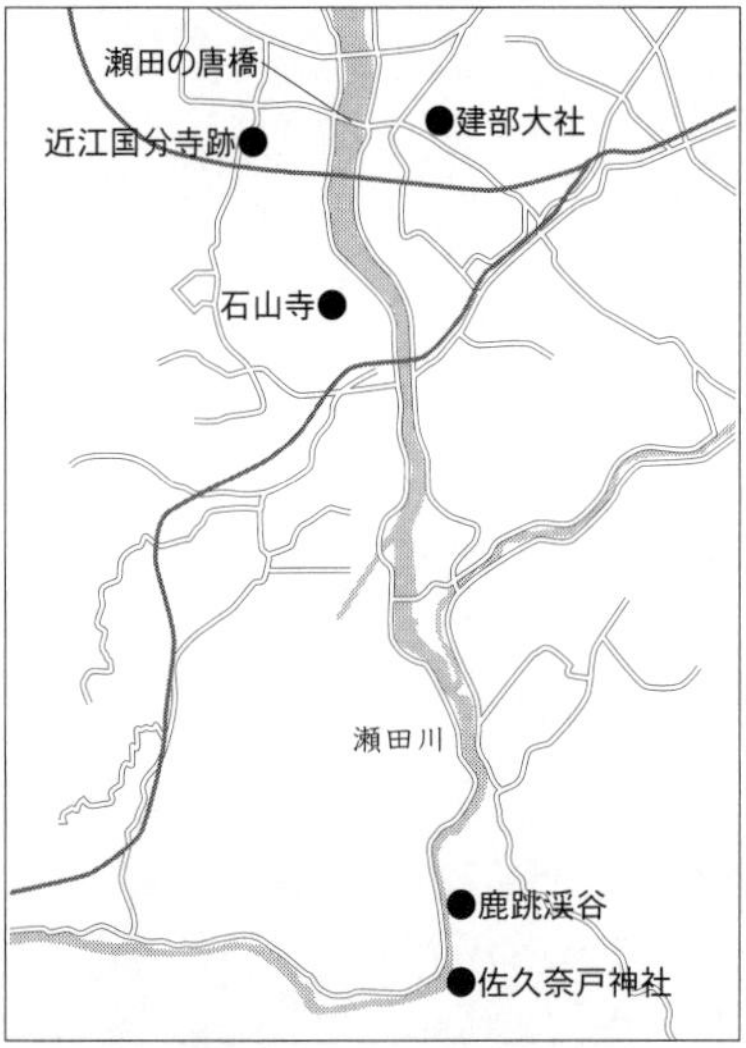


瀬田川・宇治川

ていたことから、こうした実景と緊密に結ばれた印象が都人の間に既に膾炙していた事実をうかがうことができる。

同社の祭神については『滋賀県の地名』『日本の神々―神社と聖地―⑤山城・近江』ともに『佐久奈度神社之記』を引いて、「天瀬織津比咩尊・天速秋津比咩尊・天伊吹戸主尊」の祓所の三神(1)を挙げている。

社名の「佐久奈度」については、『廣瀬の大忌の祭』に

> 皇神等の敷き坐す山の口に坐す山山の口より、狭久那多利（傍点は筆者による）に下したまふ水を、甘き水と受けて、天の下の公民の取り作れる奥つ御歳を、悪しき風荒き水に相はせたまはず、
>
> （日本古典文学大系『古事記祝詞』）

とあって、山間から水が勢いよく激しく流れる様相が「狭久那多利」と表現されていることから察すると、「佐久奈度」とは瀬田川の激流がサクナダリ落ちる景観に基づいた社名と解される。

一方で「さ」を接頭語とみて、「くなど」が道祖神を意味することから、境を守護する神として捉える解釈（『滋賀県の地名』）が提出されていて、果たしてどちらを妥当と考えたらよい

のだろうか。

『八雲御抄』巻第五「名所部」には「さくらだに　祓詞に冥途をいふと云り」[2]との記述があり、道綱母の自死への傾斜を述べた「引かれいなばや」と「冥途」には共通した想念が見てとれる。順徳院によって『八雲御抄』が編纂される一三世紀前半の段階に至ってなお、佐久奈谷は「冥途」であり、この世からあの世へと通じる地としての理解が一般にあったことが窺われる。

外部から訪れる魔を払う職能を持つとされる道祖神「くなど」の神が鎮座するとされたのは、現世から死後の世界への通路である「冥途」にこの世とあの世との境とする印象が重ねられたためではなかったろうか。「冥途」のイメージが定着するとともに境界を守る道祖神とみる理解が加わった結果と理解したい。したがって佐久奈度とは外から訪れる厄災の侵入を妨げる道祖神「くなど」ではなく、『廣瀬の大忌の祭』にあった「狭久那多利」の語に基づく社名として理解するのが妥当と解される。

加えて以下に掲げるように『六月の晦の大祓』では佐久奈度社に鎮座する三神のうち、天瀬織津比咩尊を「佐久那太理に落ちたぎつ速川の瀬に坐す瀬織つひめといふ神」とあって、社名の由来を考えるうえで大いに参考になる。

遺る罪はあらじと祓へたまへ清めたまふ事を、高山・短山の末より、佐久那太理に落ちたぎつ速川の瀬に坐す瀬織つひめといふ神、大海の原に持ち出でなむ。

（日本古典文学大系『古事記祝詞』）

『廣瀬の大忌の祭』と同じく「佐久那太理に落ちたぎつ」とあることから、「佐久名度」とは巨岩の間を激しく流れ落ちる祓の場に相応しい様相にちなんだ社名であり、三柱の佐久奈度神社の祭神のうちとりわけ天瀬織津比咩尊を、祓った罪をサクナダリに激しく流れる水とともに「大海の原」へと持ち出す職能の神と捉える理解が広くなされていたことが確かめられる。

佐久奈谷が修祓の地であると同時に、『八雲御抄』ではあの世に通じる「冥途」と捉えられていたことを、どのように理解したら良いのだろうか。佐久奈度の神が祓い流す数々の罪の中に死の穢が含まれていた可能性が充分に高いのではなかったか。佐久奈度社とは死の穢れをも含む諸々の祓われた罪を激流とともに下して「大海の原」へと持ち出す浄化機能を負った天瀬織津比咩をはじめとする祓所の三神が鎮座する地として認識されていたことで、これを「冥途」と捉える解釈が生じたものと理解したい。

## 宇治橋と橋姫

『源氏物語』橋姫の巻名でも馴染みの深い橋姫神社は、現在は宇治橋の西詰から奇祭の風習で知られる県神社の方向に続く、通称あがた通りと呼ばれる道沿いの小社といった印象の相応しいささやかな社である。しかし、かつては宇治橋上の上流側に設けられた「三の間」と呼ばれる張り出し部分に鎮座していたと伝えられる。

現在橋姫神社の境内に掲げられてある由来書には、もともとは道登が宇治橋を架橋する際に、橋の鎮護を祈願して宇治川上流に鎮座する瀬織津比女の神を橋上へ勧請して祭祀したのが同社の始まりと記されている。

佐久奈度神社に鎮座する三神の祭神の中から、とくに橋の守り神として瀬織津比女の神一柱が選ばれて橋上に勧請されたとの伝えがあることから、その間における経緯の詳細は不明だが、見てきたように何よりこの神に備わる職能――死の穢れを含む諸々の罪を宇治川の激しい流れとともに「大海の原」へと持ち出して浄化する――が期待されて、橋上への勧請が実現したと考えて誤りはないだろう。

「大海の原」へと罪を持ち出す機能を負った女神が橋を守護する神として勧請されたことが事実であるなら、宇治橋が架橋された一帯が琵琶湖に端を発した川が「大海の原」へと流れ出る地点として捉えられていたことと同時に、この一帯を川の帰結点とみる認識が一般にあった蓋然性は充分に高いではないだろうか。

この推論を支える有力な証左とも見做し得る資料の一つに『日本霊異記』中巻第二十四に採

録された「閻羅王の使の鬼召さるる人の賄を得て免す縁」があげられる。題名から明らかなように、ここには閻羅王の命を受けて地獄から迎えに訪れた使いの鬼たちを饗応して地獄行きを免れた楢磐嶋という男の話が記されている。

詳しく紹介すると、奈良の大安寺から越前の敦賀まで交易に出かけた帰途、磐嶋は琵琶湖畔の滋賀の唐崎のあたりで後から来る三人の男——実際には地獄から磐嶋を迎えにきた閻羅王の使いの鬼たち——の存在に気が付くが、その後三人の男たちは「山代の宇治埼に至る時に、近く追ひ附き、共に副ひ往く」とあって、三人の男が磐嶋に追いついた地点を「山代の宇治埼」としている。

この「宇治埼」の「埼」について、新日本古典文学大系『日本霊異記』の脚注では以下のように解説している。

「埼」は「碕」に同じ。「碕」は石橋の意に用いられることがある。

これによると「宇治埼」は宇治橋を意味することになり、宇治橋を「石橋」として処理してしまうことには無理があり、疑問を呈せざるを得ない。

同じ『日本霊異記』の上巻第十二にある道登の宇治橋架橋を伝える本文には「大化二年丙午

に宇治椅を営りて」と「宇治椅」の表記が用いられていて、「埼」「碕」のどちらでもないことを考え合わせると、ここはやはり「宇治埼」とある「埼」本来の字義に従って「突き出た岸」の意ととらえるべきであろう。

往時の宇治川は現在平等院のある付近から下流の宇治橋が架けられている辺りで幾筋かに分かれて、南から流入する木津川などとともに——後世巨椋池と称せられる——広大な湖水を形成していたと考えられている。(3) 川に突き出た陸地のために流路が妨げられ、それによって土砂が堆積することで一本の流れが幾筋かに分かれて流れていたとするなら、そうした土地の形状が「宇治埼」の表記に至ったと考えられる。

「閻羅王の使の鬼…」では滋賀の唐崎の辺りから「宇治埼」の辺りまで磐嶋とその後から三人の男が歩を進めたとあるが、その辿ったルートを以下に詳しく見ていきたい。

唐崎はほぼ琵琶湖の南岸の地にあり、そこから南方向へと流れる宇治川の上流部に当たる瀬田川沿いに歩を進めたと想定すると、現在の距離に換算しておよそ8キロほどを南下した後、佐久奈度神社のある辺りから流路は大きく西にカーブし、さらに川沿いの道を——往時と現在の宇治橋との位置に大きな違いがないとするなら——およそ17キロほどの距離に亘って三人の男が磐嶋に付かず離れず歩行を続けていたことになり、追いつく機会を伺っていたと考えたとしても極めて不自然な印象は免れない。

後から来る三人の男の存在に磐嶋が最初に気付いた地点が湖尻の瀬田の唐崎の辺りとしているので、通算して25キロにも及ぶ距離を一定の間隔を保ったまま、三人の男すなわち閻羅王の使の鬼たちが宇治橋のある辺りまで言わば尾行を続けたことになるが、これをどのように解釈すれば良いのだろうか。

結論から先に述べると、かつて宇治川や木津川などが流れ込んで巨大な湖水が形成され、「巨椋の入江」（『万葉集』巻第九・一六九九）と称された後世の巨椋池が大祓の詞にある「大海の原」として観念されていたことに起因したと考える。宇治川が「大海の原」へと流れ込む付近の景観が説話的表現に反映された結果、甚だしく奇異とも感じられるような記述が生じたものと解される。

つまり鬼たちがかなりの距離に亘って磐嶋に付かず離れず歩行を続けた末に、「山代の宇治埼」に到ってようやく追い付くという記述は、平等院から宇治橋にかけての一帯が宇治川が「巨椋の入江」へと注ぐこの川の帰着点でもあり、この一帯を「河口」とする観念が一般にあった状況を示しているものと見做したい。

宇治橋を守護する橋姫神社の祭神として伝えられていたのが、先述したように『六月の晦の大祓』で罪を「大海の原」へと持ち出す「瀬織つひめ」だった事実は、宇治橋が架けられた一帯が「河口」として捉えられていたことを雄弁に語っている。

平等院から宇治橋にかけての辺りが宇治川の帰着点であり、「河口」としての印象が強く持たれていたことは、『日本書紀』が載せる神功皇后摂政前紀元年三月条の記事からも窺うことができる。

ここには後に応神帝として即位することになる皇子を伴って新羅から凱旋した神功皇后に対し、自らの地位が脅かされることを危惧して兵をあげた忍熊王が、結局は武内宿禰の率いる軍の前に敗退を余儀なくされるまでの模様が描かれている。

忍熊王、逃げて入る所無し。則ち五十狭茅宿禰を喚びて、歌して曰く
　いざ吾君　五十狭茅宿禰　たまきはる　内の朝臣が　頭槌の　痛手負はずは　鳰鳥の　潜きせな
といふ。則ち共に瀬田の済に沈みて死りぬ。時に武内宿禰、歌して曰く、
　淡海の海　瀬田の済に　潜く鳥　目にし見えねば　憤しも
といふ。是に、其の屍を探れども得ず。然して後に、数日て菟道河に出づ。武内宿禰、亦歌して曰く、
　淡海の海　瀬田の済に　潜く鳥　田上過ぎて　宇治に捕へつ
といふ。
（新編日本古典文学全集『日本書紀』）

敗戦を覚悟した忍熊王は配下の五十狭茅宿禰とともに「瀬田の済」で水中へ身を投じたとあるが、両者の亡骸は見つからず、数日が過ぎた後に「菟道河に出づ」と記され、その折の武内宿禰によるとされる歌には「田上過ぎて宇治に捕へつ」とあって、両名の遺体が発見された地を「宇治」としている。「宇治に捕へつ」とあるのみで、具体的な地点についての詳細は歌の詞章ということもあって不明であるが、これも「宇治」の地が宇治川の帰結点として認識されていたことを示す伝承として考えることは許されよう。

先にも触れたように、かつての宇治川が現在の宇治橋の付近から下流にかけて幾筋かに分かれて巨椋池へと注いでいたことがほぼ認められるとするなら、一本の川が幾筋かの支流に分かれる直前の辺りが川の帰結点として多くの人々の間で感得されていた可能性は充分に高いと考える。

さらに、地獄からの閻羅王の使いの鬼が「宇治埼」で追いつき（『日本霊異記』）、琵琶湖畔の「瀬田の済」で沈んだ「屍」を「宇治で捕へつ」（神功皇后摂政前紀）とある双方の記述を勘案すると、宇治橋が架けられた一帯は死につながるイメージをも併せもつ空間として捉えられていたことも了解できよう。

冥途のイメージと相俟った死の穢れとともに種々の罪を宇治川に下して大海へと持ち出す浄

化機能を負った女神が、守護神としての役割を期待されて宇治橋上に勧請されるまでの経緯と、宇治橋が架橋された一帯が人々の眼にどのような景観として映っていたのか、幾つかの資料をたどって考察を試みた。

## もののふの八十宇治川

『万葉集』には宇治川を詠んだ歌が多数載せられている。そのうちよく知られた歌に「柿本朝臣人麻呂の、近江の國より上り来たりし時、宇治河の辺に至りて作りし歌」という題詞の付せられた

物乃部能　八十氏河乃　網代木に　いさよふ波の　行くへ知らずも

（巻第三・二六四　新日本古典文学大系『萬葉集』）

という一首がある。

この歌の初句「物乃部能（もののふの）」に関しては「もののふ」が本来「朝廷に仕える文武百官の意」であることから、

昔多くの氏族によってその職掌が分かれていたところから「氏」に連なり、同音の地名「宇治」にかかる。
（『和歌大辞典』「もののふの」項）

とする解釈が一般的になされている。

こうした通常の理解に対して、異なった見解からの指摘が見られる。

「八十氏河」とはつねに何本かに分かれていた宇治川の実景を表した詞章であり、宇治橋付近から下流にかけて何本かに分かれて流れた浅瀬にいくつもの「網代木」が架けられていた状況が表現されたものである。(4)

日下雅義氏によると、二六四番歌の題詞に「近江の國より上り来たりし時、宇治河の辺に至りて作りし歌」とある以上は、人麻呂が実際に目の当たりにした景観

万葉時代ころの山城盆地中央部の景観
（日下雅義「古代人の原風景にせまる」『ものがたり日本列島に生きた人たち 10』岩波書店、2000.5）

を歌に表したとして理解するべきであり、上流にダムが建設された現在とは比較できないほどの豊かな水量で往古の宇治川が流れていたことは間違いない。したがって相当な勢いで流れていた川の中に実際に幾つもの網代が設けられていたとは考えられず、「物乃部能八十氏河の網代木」は、宇治川の「何本かに分かれて流れた浅瀬」に設けられた多くの網代木の実景に基づくとしているのは誠に的を射た指摘として賛意を表したい。

往時の景観が日下氏の指摘に近いものであったとするなら、再三にわたって述べたように、琵琶湖に端を発してひと筋に流れて来た宇治川が何本かの支流になって分かれ、すぐ下流で「巨椋の入江」と称された巨椋池へ注ぎこむ付近が、人々の眼に一本の川の帰結点として映っていたとしても何ら不思議はない。

瀬織津比咩が「巨椋の入江」からほど近い上流部に架橋された宇治橋上へと勧請されたのは、「大海の原」へと罪穢れを持ち出すことがこの神の職能だったことが大きな要因であったことは間違いない。「大海の原」が宇治橋のすぐ下流に控えているという地理的条件が大きく与っていたことは明らかである。

にほてるや　さくらだにより　おちたぎる　浪も花さく　うぢのあじろ木

（『拾玉集』二三〇六『新編国歌大観』第三巻私歌集編Ⅰ）

『大日本地名辞書』の指摘にもあったように、第二句「さくらだに」が佐久奈谷の異名であるからには、佐久奈谷と遠く離れた下流の景物「うぢのあじろ木」とを繋ぐ回路が鎌倉初期に至っても確かに感得されていた事実を、僧慈円の家集『拾玉集』に収載されたこの歌からも確認することができる。

## 「浮舟」の造型――「人形」「形代」と「撫で物」

「宇治十帖」の呼称で知られるように、内裏での身の置き所に加えて最愛の北の方を失った源氏の弟に当たる八宮が、二人の姫君とともに移り住んだ宇治の地を主要な舞台にして『源氏物語』はその幕を下ろす。男君の薫と匂宮、女君として八宮の遺児となった大君と中君の姉妹、さらには姉妹の異母妹に当たる浮舟、これらの人物を中心に物語は進められる。

当初薫は姉の大君に強く惹かれるが、むやみに男の言いなりになってはならないとする父八宮の遺言を頑なに守る大君は、自らの計らいで薫を妹の中君に添わせようとする。これに対して一計を案じた薫は、中君を匂宮に結びつけることで大君の気持ちが自分に向けられるよう画策する。

当初は薫の思惑通りに事が運ぶと思われたが、親王の身分にあって行動に何かと制約の多い匂宮を夫にした中君の不遇はやがて大君の知るところとなり、大君は深い失意の中で息を引き取ってしまう。

大君の亡き後悲嘆にくれる薫に、中君から大君に生き写しの異母妹浮舟の存在が告げられると、並々ならぬ関心を寄せた薫は算段を整えて宇治の隠れ家に据えた浮舟のもとを頻繁に訪れるようになる。一方で浮舟の存在を知った匂宮は薫の不在の機を狙って浮舟と関係を結ぶことに成功、以後次第に自らへの思いを募らせていく匂宮と薫との間で板挟みとなった浮舟は終には死を決意して宇治川へと身を投じる…。

周知の展開ではあるが、中君の口から異母妹にあたる浮舟が亡き大君と生き写しであることが薫に告げられた際に、「人形《ひとがた》」「形代《かたしろ》」の語が繰り返し用いられていることは誠に興味深い。浮舟の存在を中君が初めて薫に伝えた際の両者の間に交わされた会話が以下のように記述される。

端緒となったのは薫が「かの山里のわたりに、わざと寺などはなくとも、昔おぼゆる人形をもつくり、絵にもかきとりて、行ひ侍らんとなん思ひ給へなりにたる」（宿木）と、亡くなった大君の姿に似せた「人形」を造るか、あるいは画像に写し取ったうえで、その供養を兼ねて勤行に励みたいとの意向を示したことに始まる。

薫の発言を耳にした中君は、姉の亡き後に薫の執心が自身に向けられることに困惑していたこともあって、その矛先をかわしたいとの思惑から、薫が「昔おぼゆる人形（亡くなった大君の面影を偲ぶことができる人形）」と口にした言葉をそのまま引き取るように「人形のついでに、いとあやしく思ひ寄るまじき事をこそ思ひ出で侍れ」と、本来ならば思い付くはずのないことをふと思い出したと前置きを加えたうえで、異母妹に当たる浮舟の存在が初めて薫に告げられることとなる。

その折に「昔おぼゆる人形」を拵えたいとする薫の「あはれなる御願ひ」から導き出されるようにして、中君が「うたて御手洗川近き心地する人形」、すなわち禊の際に用いられる人形——穢れを移して川に流す——を連想していることに留意すべきであろう。祓の具として水に流し去る人形に連想が働いたことを中君自らが「うたて」と不吉なこととして省みているのは、のちに宇治川に身を投じる浮舟の姿がここに早くから暗示されていることに他ならない。

その後も中君に対する薫の執心は止むことがなく、何としてもこれを思いとどまらせたいとする中君の心中が「かかる御心をやむる禊をせさせたてまつらまほしく思ほすにやあらん」と記されていて、薫の執心を「やむる禊」としていることにも同様の連想が働いている。

その「やむる禊」の手段として、「かの人形のたまひ出でて、いと忍びてこのわたりになん」と、「かの人形」すなわち浮舟の所在——実は同じ邸内に匿われていること——が薫に告げられることとなるが、その際に薫と中君との間で交わされた贈答歌を見ると、まず薫が

見し人の形代ならば身にそへて恋しき瀬々のなでものにせむ

と詠みかけ、これに中君の返歌

みそぎ河瀬々に出ださんなでものを身に添ふかげとたれか頼まん

（新編日本古典文学全集『源氏物語』）

が続けられる。

最初の歌が大君の形代である浮舟を「恋しき瀬々のなでものにせむ」、つまり大君の代償として自らの愛撫の対象としたいとする意図をほのめかすきわどい表現だったことを、改めて本文中で確認するかの如くに、歌の直後には「例の、戯に言ひなして」と、それを一時の軽い言葉のあやででもあったかのように装う薫の姿が続けて記述されている。

このような薫の歌に対して中君は「瀬々に出ださんなでもの」と表面上はあくまでも禊に用いる撫で物としての理解を示してはいるものの、「なでもの」同然の扱いを受ける浮舟の側に立ったうえで、下二句で「身に添ふかげとたれか頼まん」、すなわちそのような軽薄な心もちの相手を「いったい誰が心から頼りと思えようか」と、浮舟に対する薫の姿勢を軽薄で信ずるに足りないとして非難する口吻を表している。

このように浮舟は実際に物語に登場する以前から大君の形代であることが示されていて、薫にとっては撫で物同然の代替に過ぎない存在でしかないことが繰り返し語られている。禊に用いられる撫で物同様に、結局は川に下し流されることが宿命づけられた人物として描かれていることを改めて確認しておきたい。

## 浮舟の再生と瀬織津比咩

薫と匂宮との板挟みとなって進退に窮した浮舟は自らを宇治川へと投じることを余儀なくされるが、川岸の木の根元で気を失って倒れているところを、宇治院を訪れた比叡山横川の僧都によって発見される。

人も寄らぬ背後の方に行きたり。森かと見ゆる木の下を、疎ましげのわたりやと見入れたるに、白き物のひろごりたるぞ見ゆる。（手習）

正気を失って樹下に横たわっていた浮舟は「白き物」の広がった姿として発見される。灯火の明かりで確認されたその印象は、人間のそれとは異なった「もののゐたる姿」であり、「もののけ」の類の「狐の変化」「よからぬ物」として捉えられている。報告を受けた僧都は「狐の人に変化するとは昔より聞けど、まだ見ぬものなり」と、自身の眼で実見すべく足を運ぶが、気を失った浮舟の姿が周囲の人々には狐や物の怪としか了解されていなかったのに対して、これを目にした僧都は「これは人なり。さらに非道のけしからぬ物にはあらず」と、浮舟が人間であると断じていて、ひとり慧眼であることが述べられ、のちの浮舟の再生への可能性が暗示されている。

その後、浮舟は意識がはっきりと回復しない状態のままで比叡山麓の小野へと移されることになるが、その間も『川に流してよ』と言ひし一言よりほかに、ものもさらにのたまはねば」とあって、発した言葉は「川に流してよ」のみに限られ、それ以外の言葉を口にしなかった。川に流し捨てられる定めにあることが浮舟自身の言葉によって繰り返し確認されていると解されよう。

回復した浮舟は僧都に再三にわたって受戒して貰えるよう懇願し続けてようやく出家を遂げることになるが、既に世を去ったものとして浮舟の一周忌の法要を営んだ薫がその生存を知ることとなる。

薫からの文を携えた浮舟の弟小君が比叡山麓の小野を訪れるものの、浮舟は次のような言葉

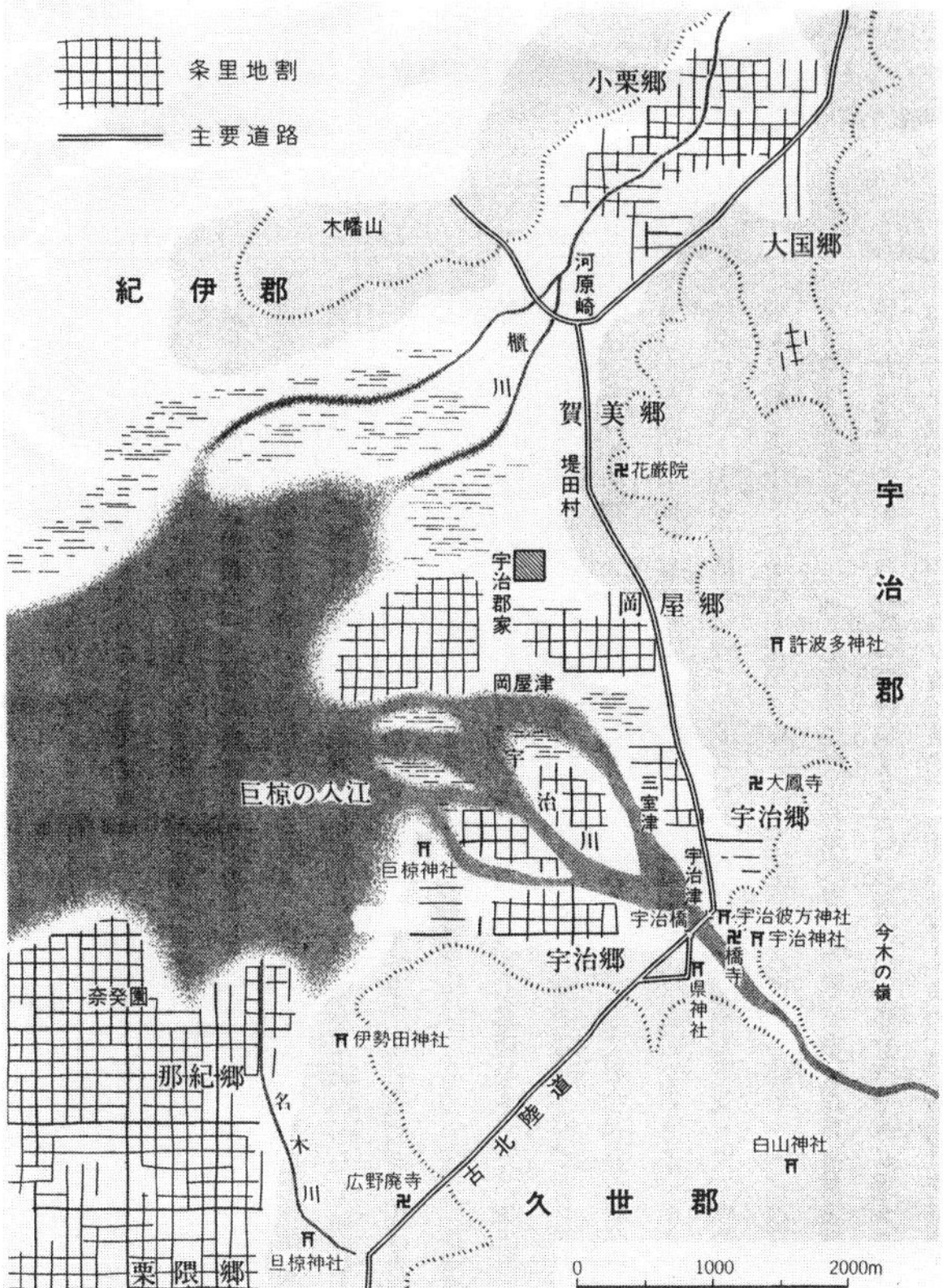


律令時代の宇治付近
(『宇治の歴史と文化』宇治市教育委員会、1988. 7)
宇治市歴史資料館提供

を伝えるだけで弟との面会に応じることを頑くなに拒絶する。

昔のこと思ひ出づれど、さらに覚ゆることなく、あやしう、いかなりける夢にかとのみ心も得ずなむ、少し静まりてや、この御文なども見知るることもあらむ。今日はなほ持て参り給ひね。所違へにもあらむに、いとかたはらいたかるべし

昔の記憶の一切を失くしたと言い、「所違へにもあらむに」と手紙の届け先の間違いを指摘する言葉の端々からは、薫の庇護のもとに生きる将来を拒絶して、自らの意志によって生きる道を選び取ったひとりの女性の姿が立ち上がってくる。

自らを宇治川の流れに投じて一度は死への道を選んだ浮舟がこれまでと同じような人生を捨て去り、ひとり生きる道を選択することで再生を果たそうとする姿がここに活写されている。

浮舟は意識を失って物の怪と見まがうような、いわば半死の状態で「宇治院」を訪れた僧都によって発見される。「宇治院」の場所は、現在の平等院の辺りと推定されるが、かつて瀬織津比咩が勧請された宇治橋と平等院とは指呼の距離と言ってよい。

「人形」「形代」「撫で物」と同様の存在だった自己を宇治川へ投じることで、再生の道へと歩を進めた浮舟の姿には穢れを大海へと流し下して浄化する瀬織津比咩の姿が映し出されてい

る。浄化の女神の姿が投影された浮舟の存在を、物語の掉尾に置いた作者の意図を慎重に考慮すべきと考える。

「橋姫」に始まる物語の最終の舞台を宇治の地に設定した作者の内面には、宇治の地でなくてはならない強固な選地意識が働いていたのである。

## 付記――『源氏物語』が最後に伝えようとしたこと

浮舟から門前払い同然に追い返された弟の小君は役割を果たせずに薫のもとに戻ることとなるが、その報告を受けて様ざまに揺れ動く薫の心中が記される。

いつしかと待ちおはするに、かくたどたどしくて帰り来たれば、すさまじく、なかなかなりと思すこと様ざまにて、人の隠し据ゑたるにやあらむと、わが御心の思ひ寄らぬ隈なく…
（夢浮橋）

まさに捨て身の末に自らの意志によって生きていくことを選び取った浮舟と、そうした浮舟の思いに対して、全く想像力の働かない薫との間の決定的な懸隔を再確認するようにして物語は幕を閉じる。

浮舟の捨て身で下した決断に対して薫の理解が及ぶことはなく、果てには「人の隠し据ゑたるにやあらむ」と、別の男によって匿われているのではないかと邪推に終始する薫の姿がここに描かれていて、同じ地平に両者が並び立つことはあり得ないことがダメ押しのようにして記される。固定的な思考の枠組みから抜け出せないままの卑小な男性像を描くことで物語の掉尾とする書き手の強固な意図をここに読み取りたい。

宇治十帖での薫の姿は仏道に惹かれ、絶えず憂愁を抱えた貴公子として描かれる一方で、大君の亡き後はその代替として妹の中君、次いで異母妹にあたる浮舟へとひたすらに執心を寄せるという、愚かしいまでに頑ななほどの人物として描かれる。

死を決意した浮舟が匂宮に思いを寄せて「からをだに憂き世の中にとどめずはいづこをはかと君もうらみむ」（浮舟）と歌を残しているのに対し——匂宮と薫の双方に情報が洩れてどちらとも関係していたことが露見することを恐れた結果とは言え——、薫に対しては歌を送らずじまいだったことをどのように捉えたらよいのであろうか。

物語ではかつての夕顔を間にした源氏と頭中将との関係をなぞるように浮舟、匂宮、薫の三者の関係が描かれる。北の方から逃れるようにして頭中将の前から姿を消した夕顔は源氏と出会ったことで、深夜「なにがしの院」のものの怪に襲われ不慮の死を遂げる。宇治十帖では匂宮が薫不在の機に乗じて浮舟と関係を結ぶが、進退窮まった浮舟は自ら死を選択する。不慮の死を遂げた夕顔は後に玉鬘と呼ばれる女子を頭中将との間に残していたのに対し、浮舟は自らの意思によって一人出家を果たすことで再生を遂げている。

世代を超えた対応関係が明らかに示されているが、薫は表向きでは源氏の子とされているが、実際には頭中将の嫡男柏木と女三の宮との間に生まれた子であり、頭中将にとっては孫に当たる。対する匂宮は源氏と明石の君との女児、明石中宮所生の源氏の孫である。

王家の血を引く源氏の系統に対して、臣下の身分にある者がこれを凌駕することは到底不可能とする血脈の決定的とも言える限界を、頭中将―柏木―薫の三代に亘って描くことで物語の幕引きを図った作者の強固な意図をここに確認すべきではないだろうか。

かつて夕顔の巻にすでに胚胎していた源氏と頭中将との確執は、王家の血を引く源氏と――桐壺帝の妹宮を北の方に迎えているとは言え――臣下を代表する左大臣家との確執へと発展し、両者による王家と臣下の側との葛藤は以降の物語の中で、玉鬘に関する経緯のように時には表面化しながら、多くは通奏低音のように読み手の想像の範囲の中に委ねられるようにして描かれる。

序盤に置かれた夕顔の巻でのいきさつを改編し、浮舟に対して見当違いの想像に終始するほかない薫の姿を徹底して描くことで、不可逆的な源氏と臣下の側との懸隔をあたかも投光器を用いるかのように照射した書き手の意図を重く捉えるべきではないだろうか。

余談になるが、決定的な事柄については周到に配慮して多くを語らずに物語を紡いだ書き手とは明らかに異質の書き手の存在をここに実感せずにはいられない。

**注**

（1）通常は『大祓詞』で挙げる瀬織津比咩・速開都比咩・気吹戸主・速佐須良比咩の四神を祓所神とするが、どのような経緯によるのか速佐須良比咩を除く三神としている。

（2）『日本歌学大系』別巻三。『八雲御抄』は巻第一「可憚名所并詞」でも「さくらだに」を「有憚」としている。

（3）『宇治川十帖　川をめぐる十の物語』（宇治市歴史資料館）

同書には以下のような記述があって大いに理解の扶けとなった。

古代の宇治川は、山城・近江両国にまたがる山地をぬけて、はじめての平地に出てまもなく巨椋の入江に流れ込んでいました。つまり、川が多くの人びとの目に触れるのは、ここ宇治の地だけでした。そのため、この土地の名前をつけて、宇治川と呼ばれるようになったのでしょう。

（4）日下雅義「古代人の原風景にせまる」（岩波書店『ものがたり日本列島に生きた人たち　10景観』）

# 「宇治の橋姫」攷
## —— 和漢の視点から ——

佐々木 雷太

## はじめに

題知らず　　　　　　　　よみ人知らず
さむしろに衣片敷き今宵もや我を待つらむ宇治の橋姫
　　又は宇治の玉姫
題知らず　　　　　　　　よみ人知らず
忘らるゝ身を宇治橋の中たえて人も通わぬ年ぞ経にける
　　又は此方彼方に人も通はず
題知らず　　　　　　　　よみ人知らず

ちはやぶる宇治の橋守なれをしぞあはれとは思ふ年の経ぬれば
又は此方彼方に人も通はず

右の三首は『古今和歌集』十四「恋四」第六八九番歌、十五「恋五」第八二五番歌、十七「雑上」第九〇四番歌である。(1)これら三首は、「題知らず」「よみ人知らず」とされることから、『古今和歌集』が成立した十世紀前半には、その由来が既に未詳とされた様子が窺われる。しかし、三首に共通する「宇治橋」「男の訪れを待ち続ける女」という要素からは、その背景として、何らかの物語の存在が想起されよう。では、これら三首の背景には、いかなる物語が存在したのであろうか。

いわゆる「宇治の橋姫」については多数の先行研究が存在するが、「宇治の橋姫」の実像については、概ね以下のように考察されてきた。(2)

［一］宇治橋渡橋時の「人柱」
［二］橋の守護神
［三］宇治川での水死者およびその配偶者が神格化された存在
［四］宇治橋周辺を拠点としていた遊女

［五］妬婦の亡魂
［六］河川に関連する神祇あるいは、その神祇を奉じた巫女

しかし、これらの考察には、それぞれ不十分な点が認められよう。例えば、行基に代表されるように、上代以降の大規模な土木工事は渡来人系の僧侶が施行したとされ、宇治橋の渡橋も大化二年（六四六）に元興寺沙門道登あるいは元興寺僧道昭によるものと伝えられる。基本的に大河の橋は、中古・中世を通じて寺院が維持管理してきたことをも考慮するならば、宇治橋の渡橋に際して、殊更に「人柱が立てられた」と想定することは困難であろう。また、宇治橋周辺は交通の要衝とはされていたが、宇治橋周辺を拠点とした遊女が存在したことは、文献資料上、未確認であり、説話などに語られた例も見出し難い。更に、「宇治の橋姫」を妬婦とする言説は、中世以降の文献に限定されることから、中古以前において「宇治の橋姫」と妬婦とを直接関連付けることは困難である。他方、橋の守護神、河川に関連する神祇、例えば「七瀬祓い」に関連する「瀬《せ》織《おり》津《つ》比《ひ》咩《め》」や水流や水量を司る神祇、あるいは河川での水死者などは、必ずしも宇治橋あるいは宇治川のみに限定された存在ではない。故に、何故「宇治の橋姫」だけが特筆されるに至ったのかという点が、依然として解消できない。

以上のように、先行研究における「宇治の橋姫」は、あたかも宇治川の川霧に包まれたかの

ような曖昧模糊とした存在であると言わざるを得ないのが現状である。

## 一、「待つ女」――国文学による投影――

先行研究において、「宇治の橋姫」についての考察は、「宇治川」「宇治橋」に拘泥し過ぎてきたように思われる。そこで、『古今和歌集』所収の「宇治の橋姫」に関する三首から読み取り得る、「男の訪れを待ち続ける女」つまり「待つ女」という主題に視点を変えることとする。国文学史上、「待つ女」を主題とした言説としては、第一に、『古事記』下「雄略記」の「引田《ひけた》部赤猪子《べのあかいこ》」が挙げられよう(3)。

亦、一時、天皇遊行、到二於美和河一之時、河辺有二洗レ衣童女一、其容姿甚麗。天皇、問二其童女一、汝者誰子。答白、己名謂二引田部赤猪子一。爾、令レ詔者、汝不レ嫁レ夫、今将レ喚。而還二坐於宮一。故、其赤猪子、仰二待天皇之命一、既経二八十歳一。於是、赤猪子以為、望レ命之間、已経二多年一、姿体痩萎、更無レ所レ恃。然非レ顕二待情一、不レ忍二於悒一而、令レ持二百取之机代物一、参出貢献。然天皇既忘二先所レ命之事一、問二其赤猪子一曰、汝者誰老女、何由以参来。爾赤猪子答白、其年其月、被二天皇之命一、仰二待大命一、至二于今日一、経二八十歳一、今容姿既耆、更無レ所レ恃。然顕二自己志一以参出耳。於是、天皇、大驚、吾既忘二先事一、然、

汝守レ志、待レ命、徒過二盛年一、是甚愛悲、心裏欲レ婚、悼二其亟老、不レ得レ成レ婚而、賜二御歌一。其歌曰。

美母呂能　伊都加斯賀母登　加斯賀母登　由々斯伎加母　加志波良袁登売

【御諸の　厳白檮が下　白檮が下　忌々しきかも　白檮原童女】

又歌曰。

比気多能　和加久流須婆良　和加久閉爾　韋禰弖麻斯母能　淤伊爾祁流加母

【引田の　若栗栖原　若くへに　率寝てましもの　老いにけるかも】

爾、赤猪子之泣涙、悉湿二其所レ服之丹揩袖一。答二其大御歌一而歌曰、

美母呂爾　都久夜多麻加岐　都岐阿麻斯　多爾加母余良年　加微能美夜比登

【御諸に　築くや玉垣　つき余し　誰にかも依らむ　神の宮人】

又歌曰。

久佐迦延能　伊理延能波知須　波那婆知須　微能佐加理毘登　々母志岐呂加母

【日下江の　入江の蓮　花蓮　身の盛り人　羨しきろかも】

爾、多禄給二其老女一、以返遣也。

故、此四歌者、志都歌也。

雄略天皇が美和河（三輪川）の辺りを行幸されていた時、川辺で洗濯をしていた少女を御覧になり、後日の召しを待つようにと命ぜられた。しかし、天皇は、その事をすっかり忘却され、八十年の歳月が過ぎた時に、老女となった赤猪子が天皇の許を訪れた。天皇は赤猪子を憐れまれ、彼女と贈答歌を詠じられたと伝える。

この『古事記』の挿話による影響が想定されるものとして、『大和物語』第一六九段が指摘される[4]。

昔、内舎人なりける人、おほうわ《（大三輪神社）》の御幣使に、大和の国に下りけり。井手といふわたりに、清げなる人の家より、女ども・童、出で来て、この行く人を見る。汚げなき女、いとをかしげなる児を抱きて、門のもとに立てり。この稚児の顔のいとをかしげなりければ、目をとどめて、「その児、こち率て来」と言ひければ、この女、寄り来たり近くて見るに、いとをかしげなりければ、「努、異男し給ふな、我にあひ給へ。大きになり給はむ程に参り来む」と言ひて、「これを形見にし給へ」とて、帯を解きて取らせけり。さて、このしたりける帯を解き取りて持たりける。文〔杖〕に引き結ひて持たせて去ぬ。この児〔年は〕六七ばかり〔に〕ありけり。この男、色好みなりける人なれば、言ふになむありける。これをこの児は、忘れず思ひ持たりけり。〔男、早う忘れにけり。〕かくて七八年ばかりありて、又、同じ使に指されて、大和へ行くとて、井手のわたりに宿りて居て、見れば、前に井なむありける。それに水汲む女どもが言ふやう、

『大和物語』当該章段では、文学的修辞によるものか本文の脱落によるものかは不明ながら、現行本文では結末が未詳である。しかし、三輪神社へ使者として派遣された内舎人が井手の辺りで六・七歳ばかりの少女を見かけ、あまりのかわいらしさに婚約を申し出た。後日、内舎人は婚約のことを忘れてしまったが、少女は忘れず待ち続けていたとある。もっとも、中古における『古事記』の受容については未詳とされることから、『古事記』と『大和物語』とを直接関連付けることは困難であろう。しかし、『古事記』「雄略記」の赤猪子関連の記載は、天元四年（九八一）の識語が記載された『琴歌譜』に抄出される。他方、『大和物語』は天暦五年（九五一）頃に原形が成立し、長保年間（九九九～一〇〇三）頃に増補されたと想定される。故に『大和物語』の成立時期は『琴歌譜』現存写本の書写年次とも重なることとなり、同時に『大和物語』当該章段に『古事記』を原拠とする赤猪子の挿話による影響を読み取り得る可能性も高まることとなる。

ここで、再び『古今和歌集』所収の「宇治の橋姫」関連の三首に戻る。既述の通りに『古今和歌集』当該三首は、男の訪れを久しく待ち続ける女を主題とした和歌とされる。特に、第九

○四番歌「ちはやぶる宇治の橋守なれをしぞあはれとは思ふ年の経ぬれば」からは、女が待ち続けてきた歳月が久しいことが読み取り得よう。

他方、『古事記』「雄略記」の赤猪子の挿話の舞台は「美和河（三輪川）」の川辺であり、『大和物語』第一六九段の舞台は玉水で名高い「井手」とされ、かつ内舎人は三輪神社へ御幣を奉納する使者として赴いた途上であったと明記される。つまり、赤猪子の挿話も『大和物語』第一六九段も、「三輪神社」と「水辺」というふたつの要素が関連することが指摘される。(5)

つまり、赤猪子の挿話も『大和物語』第一六九段も京から大和（三輪）へ至る幹線道路上に位置する水辺を舞台としていることとなる。他方、宇治も京から大和（三輪）へ至る幹線道路上に位置し、更に宇治川という水辺に位置した地所ということとなる。つまり、『古事記』「雄略記」・『大和物語』・『古今和歌集』において、不実な男を待ち続けてきた女の物語は、京と大和を結ぶ「奈良街道」上の宇治川水系の水辺という地所で結び付くのである。この意味において「宇治の橋姫」の遠祖は「赤猪子」であり、その末裔は井出（井手）の少女に比定することが可能なのである。「宇治の橋姫」が宇治で語られた理由のひとつは、このような背景に求めることが可能なのではないだろうか。

## 二、「待つ男」―― 漢文学による投影 ――

しかし、「宇治の橋姫」を『古事記』「雄略記」の赤猪子の挿話と『大和物語』第一六九段の間に位置づけた場合、何故「宇治の橋姫」では「橋」という要素が付加されたのであろうか。「橋」に関する故事成語のひとつとして「尾生之信」が挙げられよう。つまり、唐土の魯の尾生という男性が、とある橋の下で女性と会う約束をしていた。しかし、女性は一向に現れず、川の水嵩が徐々に上がってくるばかりであった。尾生は、川の増水にも関わらず、女性を待ち続けていたが、その結果、彼は橋の柱を抱いたまま溺死してしまったとされる。「尾生之信」は、現在では、愚直で融通の利かないことを揶揄する意味で用いられるようであるが、ここで、この「尾生之信」の語史を辿ってみることとする。

「尾生之信」は『荘子』雑篇「盗跖第二十九」・『戦国策』「燕策」・『淮南子』十三「氾論訓」十六「説山訓」十七「説林訓」・『説苑』四「立節」・『塩鉄論』二「論儒第十一」四「褒賢第十九」・『史記』五十六「陳丞相世家第二十六」六十九「蘇秦列伝第九」・『漢書』四十「張陳王周伝第十」(『群書治要』十五)六十五「東方朔伝第三十五」・『風俗通義』二「正失・東方朔」・『三国志』六十「呉志」十五「賀全呂周鍾離伝第十五」裴松之注・『文選』十八「琴賦(嵆康)」李善注・『文選』三十九「上書・獄中上書自明(鄒陽)」李善注・『初学記』七「地下部下・橋」・

『藝文類聚』九「水部下・橋」等に所見が得られるが、これらの各書は全て、現行本『日本国見在書目録』に著録された漢籍である。参考として、『初学記』と『藝文類聚』の本文を提示する[6]。

［一］『初学記』七「地下部下・橋」
尾生期　豫譲寝〈抱朴子曰。尾生与㆓婦人㆒期㆓橋下㆒、水至不㆑去。以至㆓溺死㆒。雖㆑有㆑信、不㆑如㆑無也。【下略】〉

［二］『藝文類聚』九「水部下・橋」
蘇子曰。微生与㆓婦人㆒期、不㆑来。水至抱㆓梁柱㆒而死。〈或作㆓尾生㆒。〉

また、既述の通り、「尾生之信」は現在では否定的な意味で用いられることが多いようであるが、これらの漢籍では、尾生は、「信」という徳目を体現した人物として、「廉」を体現した伯夷・叔斉や「孝」を体現した曾参などと同列に論じられている[7]。しかし、伯夷・叔斉や曾参とは異なり、尾生の伝記については未詳であり、『戦国策』『荘子』に言及されることから、漠然と春秋時代（前七七〇〜前四〇三）以前の人物と想定されるに止まっている。

では、我が国において「尾生之信」は、どのように受容されたのであろうか。まず、類書に

おいては、以下に示す三例が挙げられよう。(8)

［一］ 佚名『幼学指南鈔』五「水部・橋」【平安末期写か】

尾生期

抱朴子曰。尾生与二婦人一、期二於橋下一、水至不レ去。以至二溺死一。雖レ有レ信不レ如レ無レ信也。

蘇子曰。微生与二婦人一期、不レ来。水至抱レ柱而死。

［二］ 菅原為長（一一五八〜一二四六）『文鳳鈔（秘抄）』三「地儀部・橋」

尾生信〈杜預功〉

尾生与二婦人一期二橋下一ス、水至レトモ不レ去シテ、抱レ柱テ死ス。雖レ有レ信トモ、不レ如レ無レ信。〈抱朴子〉

杜預欲レ建二河橋於富平レ津一ニ、衆論以二為不可一ヘリ。預作レ橋ル、上従二百官一テ臨会シテ挙レ杯勧ム。預カ曰ク、非レ君ハ此橋不レ立ト云。〈晋書〉

［三］ 藤原孝範『擲金抄（秀句抄）』下「双貫部」［一二〇六〜一〇成立？］

・「人事部・忠信」抱レ梁《イタクハシヲ》〈詣ッレ闕ニ〉

・「乗御部・舟橋」尾生信〈傅詠功〉

『幼学指南鈔』・『文鳳鈔』の典拠は『初学記』・『藝文類聚』等に比定が可能であり、唐土の類書の記載が和製類書に継承されたと想定されよう。(9)

他方、我が国の漢詩文における作例については、以下に示す二例が提示できる。(10)

[一]『経国集』二十「策下」

問。信近二於義一、是有若被レ可之談。不レ信不レ立、是尼父応レ物之説。聖垂二斯教一、物悪不レ納。立身之道、謹対二其要一。

大日奉首名

対。【中略】信義相分、揚レ名建レ身、其要一也。然在レ士便可レ為レ信、於レ女仍須レ為レ義。於レ彼□有二優劣一、於レ此豈無二長短一。結レ期倚レ橋、是微生之深信、応レ物断レ義、復尼父之洪術。有二前事不レ朽、足レ為二准的一。随レ世垂レ教、復何疑也。謹対。

[二]『遍照発揮性霊集(性霊集)』五「為二橘学生一与二本国使一啓一首」

留任学生逸勢啓。逸勢無二驥子之名一、預二青衿之後一。理須下天文地理諳二於雪光一、金声玉振縟中於鉛素上。然今山川隔二両卿之舌一、未レ遑レ遊二槐林一。且温レ所レ習兼学二琴書一、日月荏苒資生都尽。此国所レ給衣糧僅以続レ命、不レ足二束脩読書之用一。若使専守二微生之信一、

豈待二廿年之期一。【下略】

『経国集』所収の策文の作者である大日《おおひ》奉首《まつりのおびと》名《な》は伝不詳の官人で、その活動期の下限が平安初期とされるに止まるようである。(11) 他方、『性霊集』五「為二橘学生一与二本国使一啓一首」は大同元年（八〇六）の執筆とされる。僅か二例に過ぎず、かつ現存資料の偏在も考慮すべきであるが、この二例が「尾生」を「微生」と表記することも注目されよう。

隋から初唐に活躍した鴻儒、顔師古（五八一〜六四五）は『漢書』に注を施した事績でも著名であるが、彼の『漢書』注には「尾生」について以下のような記載が認められる。(12)

〔一〕『漢書』二十「古今人表・中中」

尾生高〈師古曰、即微生高也。〉

＊「古今人表」では、著名な歴史上の人物を「上上聖人・上中仁人・上下智人・中上・中中・中下・下上・下中・下下愚人」という九段階で表示する。そのなかで「尾生高」は「中中」に配される。

〔二〕『漢書』四十「張陳王周伝第十」

【前略】漢王曰、公言其賢人何也。対曰、臣之所レ言者能也。陛下所レ問者行也。今有二尾生＊

〈師古曰。尾生、古之信士、一説即微生高。〉・孝己之行一而無レ益二於勝負之数一、陛下何暇用レ之乎。【下略】

[三]『漢書』六十五「東方朔伝第三十五」

【前略】朔初来、上書曰。【中略】廉如二鮑叔一、信若二尾生*〈師古曰。尾生、古之信士、与二女子一期二於梁下一、待レ之不レ至、遇レ水而死。一曰、微生高也。〉一、若レ此可二以為天子大臣一矣。【後略】

「尾生」を「微生」と表記する例は、武徳七年（六二四）成立の『藝文類聚』（既出）にも確認できるが、「尾生」を「微生高」に比定する記載は『漢書』顔師古注に明示される。そして、この微生高とは『論語』「公冶長」において、「子曰、孰謂二微生高直一。」と言及された人物であった。(13)

もっとも、『論語』「公冶長」に言及された「微生高」を「尾生」に比定する説は、梁の皇侃による『論語義疏』には未検である。しかし、遥か後代の例ではあるが、室町期の清原宣賢による『論語聴塵』には、以下のように記載される。(14)

子曰、孰謂微ー。微生高ハ女子ト梁下ニ約セシ尾生ナリト云。尾ト微ト同ク通スル義アル歟。此章ニイヘトモ、信ヲ守ルコト似タレハ同人歟。荘子・漢書・困学紀聞、皆作㆓尾生㆒。史記高帝《（ママ）》紀、尾生・孝己之行、顔師古注、即微生高也。時ノ人、微生高ヲ正直ナル者ト云。而ヲ孔子ハソシ《（譏）》リ玉ヘリ。孰人カ微生高ヲハ正直ナルトハ云ヤ、更ニ正直ナラス。或人カ醋ヲコイ《（乞）》ニヤリテ、我カ醋ノ如クシテ与ル也。無イハ無シト云ヘキヲ、隣ニコフ《（乞）》ハ、心ヲ色々ニレウケン《（料簡）》セル者也。是直者ニアラストイヘリ。【下略】

主要な漢籍における「尾生」及び「尾生之信」についての記載は、魯（現・山東省）の出自で、女子（婦人）との約束を命を賭して守り抜いたことから、「信」という徳目を体現した人物と伝えられるに過ぎず、非常に断片的である。しかし、『経国集』・『性霊集』での用例が「微生之（深）信」とあることに留意するならば、この両書での用例は、恐らく同時期の『論語』「公冶長」の享受とも関連していたと想定されよう。故に、奈良朝初期から平安初期にかけての知識層には、「尾生之信」という故事成語は、存外、親しい存在であったと想定されよう。

漢籍において、尾生が如何なる目的で婦人と会うことを約束したかについては言及されない。故に、解釈の一形態として、尾生が橋の下で恋愛関係にあった女性と逢うことを約束していたと解する余地が認められよう。他方、男女と橋という趣向は、いわゆる「七夕伝承」に代表されるように、親しい男女の逢瀬を象徴するものでもあった。更に、この「七夕伝承」の日本における展開に注目するならば、唐土では、織女が牽牛の許を訪れるという形態が、我が国では、招婿婚による影響により、牽牛が織女の許を訪れるとする形態に改められたことが指摘される。(15)

ここで再び、『古今和歌集』所収歌に視点を移す。宇治橋において男性の訪れを待ち続けていた「宇治の橋姫」の姿は、魯のとある橋において女性の訪れを待ち続けていた尾生の姿とも重なるのである。更に、『古今和歌集』撰進段階において、「宇治の橋姫」を詠じた三首が、既に「題知らず」「よみ人知らず」であったこと。また、「微生之(深)信」の用例が、『経国集』・『性霊集』つまり、『古今和歌集』成立から一世紀以上溯ることをも考慮するならば、「宇治の橋姫」が「橋姫」である必然性は、「尾生之信」を原拠とする漢籍に求められるのではないだろうか。

## おわりに

『古今和歌集』所収歌に詠まれた「宇治の橋姫」は、和歌文学史のみならず、『源氏物語』に代表される物語文学にも多大な影響を及ぼしてきた。しかし、その「宇治の橋姫」については、「宇治橋」である必然性や、「橋姫」である必然性について問題が等閑視されてきたのではないだろうか。本論考では、「宇治の橋姫」に見受けられる、「川辺で年久しく男性の訪れを待つ女性」という趣向を、『古事記』「雄略記」の赤猪子の挿話と『大和物語』第一六九段に関連づけた。そして、この三者は奇しくも、上代から中古において京と大和を結ぶ幹線道路であった「奈良街道」の宇治川水系を舞台としたという共通点が認められた。更に、橋の傍らにおいて異性の訪れを虚しく待ち続けるという趣向は、恐らく「尾生（微生）之信」に基づく趣向であろうと結論づけた。

もっとも、漢籍による知識が、果たして安易に和歌文化と結び付き得たのかについては疑問が少なしとはし得ない。しかし、「宇治の橋姫」を赤猪子および『大和物語』第一六九段と関連づけた場合、「宇治の橋姫」原像には、先行研究に指摘されるように、水にまつわる巫女の姿を読み取ることが可能である。他方、尾生は先秦時代に成立した主要な漢籍に言及されながら、その具体的な伝記は全く不明である。故に、彼は、本来、魯の某所の橋ないし河畔に祭られた治水を司る土着的な神格であったと想定することが可能である。このように捉えるならば、「宇治の橋姫」と尾生の本質は、決して径庭を隔てたものではないということとなる。また、宇治および宇治川は、冥界の出入り口とする言説や、権力闘争での敗者の怨霊が蠢く禍々しい地所としても認識されていたことが指摘される。(16)とすれば、『古今和歌集』所収歌に詠まれた「宇治の橋姫」は、本来、尾生と同様に、異性を待ちながら激流に呑み込まれ落命した女性であったと想定することも可能であろう。また更に注目すべきことは、『古今和歌集』所収歌に詠まれた「宇治の橋姫」についての言説は、結果的に失われてしまったということである。[17]つまり、「宇治の橋姫」の物語は、『古今和歌集』所収歌の本説となりながらも、我が国に根付くことは出来なかったということである。「宇治の橋姫」に関する言説ないし説話が定着し得なかった背景には、やはり日本の風土において受容され得ないような異質な要素、つまり恐らく漢籍に由来する未消化な要素が存在していたためと想定することが可能である。逆に言えば、「宇治の橋姫」は和歌に詠み込まれ、漢籍による色彩を脱色したことで、我が国に定着し得たとも解せられよう。

ともあれ、「宇治の橋姫」が語られた「宇治橋」は、上代の大和と中古の京を繋ぐ橋であったと同時に、和漢の文学の間に掛け渡された橋でもあったと言い得るのである。

**注**

（1）『新編国歌大観』一「勅撰集編」（角川書店・昭和五十八年）によるが、一部、表記等を改めた。

（2）「宇治の橋姫」関連の主要先行研究は以下の通り。柳田国男氏『一つ目小僧その他』「橋姫考」（小山書店・昭和九年）・桑原博史氏『中世物語の基礎的研究　資料と史的考察』「宇治の橋姫伝説と橋姫物語」（風間書房・昭和四十四年）・保里十三子氏「橋姫物語考」『東洋大学短期大学論集・日本文学篇』五（昭和四十五年）・『宇治市史』一「王朝の文学と宇治」（昭和四十八年）・

吉海直人氏「橋姫物語の史的考察　源氏物語背景論（1）」『國學院大學大学院文学研究科紀要』十三（昭和五十七年）・同氏「（校異・拾遺・覚書）橋姫物語」『国書逸文研究』九（昭和五十七年）・平林章仁氏『橋と遊びの文化史』「妖しげな女の立つ橋」（白水社・平成六年）・神野善治氏「橋姫と木霊」『昔話―研究と資料―』（三弥井書店・平成七年）・三角洋一氏『物語の変貌』『橋姫物語』の位相」（若草書店・平成八年）・原田敦子氏『古代伝承と王朝文学』「橋を守る女神―宇治橋姫伝承考―」（和泉書院・平成十年）

（3）『古事記』本文は『日本古典文学大系1古事記・祝詞』（岩波書店・昭和三十三年）所収本文による。なお、中古・中世において『古事記』が等閑視されてきた様子については、賀古明氏『琴歌譜新論』「琴歌譜の有縁起歌」（風間書房・昭和六十年）ほかを参照。

（4）『大和物語』本文は今井源衛氏『大和物語評釈・下巻』（笠間書院・平成十二年）によるが、一部、表記を改め傍記を付した。

『伊勢物語』第一二二段では、恐らく『大和物語』第一六九段に基づき、『大和物語』当該章段とは対照的に、男性が女性の不実を詰る内容とする。また『大和物語』第一六九段では結末が明記されないことから、『伊勢物語』『大和物語』の受容過程において多様な補足が試みられたようである。例えば宗祇の講述を宗長が筆録したとされる『伊勢物語宗長聞書』第一二二段［片桐洋一氏『伊勢物語の研究（資料編）』（明治書院・昭和四十四年）］には、『大和物語』当該章段に基づく『下帯物語』なる書名を挙げ、男からの音沙汰のなさを悲歎した「童女」が井手の玉水に投身したとする。また、明応年間（一四九二〜一五〇〇）以降の成立とされる『藤川五百首抄』第三六一番歌の歌注［『新編国歌大観』四「私家集編Ⅱ」（角川書店・昭和六十一年）］

では、『井手の下帯の物語』として、内舎人もまた「姫（童女）」の後を追い玉水に投身したと伝える。この他『藤川五百首抄』当該歌および歌注による影響は、永正十一年（一五一四）成立の『雲玉和歌抄』第三四四番歌及び歌注にも確認できる。

他方、『看聞御記』永享四年（一四三二）三月十四日条には、伏見御所での矢田猿楽による演能の曲目として「井手玉水」が挙げられる。この「井手玉水」は現存の廃曲「玉水（下帯）」に比定され、既出の『井手の下帯の物語』を所謂「複式夢幻能」に改変したかのような梗概である。同曲の作者は『申楽談儀』・生駒山寶山寺蔵「能本三十五番目録」の記載から世阿弥とされる。

（5）石上堅氏『水の伝説』「女の水」（雪華社・昭和三十九年）・原田敦子氏『古代伝承と王朝文化』「水辺の求婚―赤猪子伝承と井手の下帯説話―」（和泉書院・平成十年）ほかを参照。

（6）『初学記』本文は『初学記』（中華書局・一九六二年）所収本文、『藝文類聚』本文は『藝文類聚』（上海古籍出版社・一九八五年）所収本文による。但し、返り点・傍線は私見により付した。

（7）参考として『荘子』・『戦国策』・『説苑』の例を挙げる。但し、返り点・傍線は私見による。

［一］『荘子』雑篇「盗跖第二十九」

世之所謂賢士、伯夷叔斉。伯夷叔斉辞二孤竹之君一而餓二死於首陽之山一、骨肉不レ葬。鮑焦飾レ行非レ世、抱レ木而死。申徒狄諫而不レ聴、負レ石自投二於河一、為二魚鼈所一レ食。介子推至忠也、自割二其股一以食二文公一、文公後背レ之、子推怒而去、抱レ木而燔死。尾生与二女子一期二於梁下一、女子不レ来、水至不レ去、抱二梁柱一而死。此六子者、无異於二磔犬・流豕・操瓢而乞者一、皆離レ名軽レ死、不レ念レ本二養寿命一者也。

―『(新編諸子集成) 荘子集釋』(中華書局・一九七八年)―

[二]『戦国策』「燕一・人有悪蘇秦於燕王者」

【前略】謂二燕王一曰。【中略】使臣下信如二尾生一、廉如二伯夷一、孝如二曾参一、三者天下之高行上、而以事二足下一不可乎。燕王曰可。曰、有二此臣一亦不レ事二足下一矣。蘇秦曰。【中略】信如二尾生一、期而不レ来、抱二梁柱一而死。信至如此、何肯下楊二燕秦之威於斉一而取中大功上乎哉。且夫信行者、所二以自為一也、非レ所二以為一レ人也。【後略】

―『(中華要籍集釋叢書) 戰國策箋證』(上海古籍出版社・二〇〇六年)―

＊『史記』六十九「蘇秦列伝第九」と同内容。

[三]『説苑』四「立節」

王子比干殺レ身以成二其忠一、伯夷・叔斉殺レ身以成二其廉一、尾生殺レ身以成二其信一。此三子者、皆天下之通士也。 ―『(中國古典文學基本叢書) 説苑校證』(中華書局・一九八七年)―

各書の趣旨により、尾生への毀誉褒貶は認められるが、尾生は基本的に中徒狄、比干、伯夷・叔斉、鮑焦、介子推、曾参などと同列に論じられている様子が窺われる。

(8) 『幼学指南鈔』本文は『大東急記念文庫善本叢刊〈中古中世篇12〉類書I』(汲古書院・平成十七年)を翻刻し、返り点を付した。『文鳳鈔(秘抄)』は本間洋一氏『歌論歌学集成(別巻二)』(三弥井書店・平成十三年)によるが本文を加工した。『擲金抄』本文は『真福寺善本叢刊11(文筆部一)擲金抄』(臨川書店・平成十年)所収影印及び翻刻によるが返り点を付した。また『擲金抄』の位置づけについては佐藤道生氏による同書解題による。

(9) 山崎誠氏『中世学問史の基底と展開』「『幼学指南鈔』小考」(和泉書院・平成五年)参照。

（10）『平安朝漢文学総合索引』（吉川弘文館・昭和六十二年）による。なお『経国集』本文は津田博幸氏『経国集対策注釈』（塙書房・平成三十一年）所収本文、『性霊集』本文は『日本古典文学大系71三教指帰・性霊集』（岩波書店・昭和四十年）所収本文によるが他本も参照した。
なお『性霊集』古注釈書においては、正応三年（一二九〇）の序を具す真福寺本『性霊集注』には「微生之信」への注は記載されないが〔『真福寺善本叢刊〈第二期〉12性霊集注』（臨川書店・平成十九年）〕、嘉元四年（一三〇六）の奥書を具す、慶應義塾図書館蔵『性霊集略注』には、以下の記載が認められる。

〇微生之信者、微生、与二女子一有二約束一。而在二大水出一、雖レ欲レ流、不レ違二約束一、不レ顧レ流、懐レ柱而死云々。

―佐藤道生氏「慶應義塾圖書館藏『性靈集略注』（翻印）」
『和漢比較文学叢書18和漢比較文学の周辺』（汲古書院・平成六年）―

また慶安二年（一六四九）成立の運敞『遍照発揮性霊集鈔』には以下のように記載される。

〈微生、前漢東方朔伝上書曰、廉如二鮑叔一信如二尾生一。注師古曰、尾生古之信士、与二女子一期二於梁下一、待レ之不レ至遇レ水而死。一曰即微生高也。史記及荘子、淮南子、抱朴子等書亦皆作二尾生一。微生高見二于論語一也。廿音入。〉

―国立公文書館公開画像より翻刻（注抄出）―

（11）津田博幸氏『経国集対策注釈』（塙書房・平成三十一年）による。

（12）『漢書』本文及び顔師古注は『漢書』（中華書局・一九六二年）所収本文による。但し「尾生」以外の注は省略し、返り点は私見により付した。

(13) 参考として、梁の皇侃による『論語義疏』三「公冶長」当該箇所の本文を提示する。

経：子曰、孰謂二微生高、直一。

疏一：于時、世人多云、微生高、用二性清直一、而孔子譏レ之。故云、孰謂二微生高、直一也。孰、誰也。

注一：孔安国曰。微生、姓也。名、高也。魯人也。或人乞レ醯レ焉。

疏二：挙二微生非レ直之事一也。醯、酢酒也。有下人就二微生一乞レ醯者上也。

注二：乞二諸其隣一而与レ之。

疏三：諸、之也。時微生家、自無レ醯、而為二乞者一就二己隣有レ醯者一乞レ之、以与二或人一也。直人之行、不レ応二委曲一、今微生高用二意委曲一。故其譏レ非レ直也。

注三：孔安国曰。乞二之四隣一、以応二求者一。用二意委曲一、非レ為二直人一也。

疏四：四隣、四面隣里之家也。 ―武内義雄氏校訂『論語義疏』（懐徳堂・大正十三年）―

(14) 国立国会図書館蔵『論語聴塵』［WA一六−三〇］三「公冶長・二十五」より翻刻。但し、傍線は私見による。また『論語聴塵』本文に「史記高帝紀」とあるのは、恐らく『漢書』四十「張陳王周伝第十」の誤認であろう。

(15) 小島憲之氏『上代日本文学と中国文学』中「七夕をめぐる詩と歌」（塙書房・昭和六十三年〔六版〕）・青木真知子氏「橋の歌―『万葉集』を中心に―」『星稜論苑』三十六（平成十九年）ほかを参照。

(16) 宇治は唐崎などと同様に祓いが行われた場所とされる。また『日本霊異記』中第二十四縁では、敦賀での交易の帰途、発病した楢磐嶋の背後に閻羅王宮からの使者が出現した場所が「磯賀辛前（志賀唐崎）」であり、追い付かれた場所が「山代宇治橋」とあることから、唐崎と宇治橋は他界ないし冥界との境界であったと指摘される。〔原田敦子氏『古代伝承と王朝文学』「橋を守る女神―宇治橋姫伝承考―」（和泉書院・平成十年）〕また、宇治には大雀命（後の仁徳天皇）に皇位を譲るために自死したと伝えられる菟道稚郎子を祀る宇治神社、承平の乱において勧賞に与れず怨霊と化したと伝えられる藤原忠文が祭神とされる又振神社、弓削道鏡あるいは藤原頼長を奉祀すると伝えられる県神社が点在し、怨霊・御霊が集結する地所と認識されていたことも指摘される。〔福田晃氏・松本孝三氏『京都の伝説―乙訓・南山城を歩く―』（淡交社・平成六年）〕故に、「宇治の橋姫」が中世以降に妬婦が変じた鬼女とされたことも、宇治のこのような地域性によるところも大きいと考えられよう。

（17）十二世紀前半頃の成立とされる藤原清輔による『奥儀抄』が現存文献上での初出とされる「橋姫の物語」の抄出記載を「宇治の橋姫」の原形と関連付ける論考が散見する。但し、当該記載は、『袖中抄』に言及されるように、『古今和歌集』第六八九番歌に基づく創作とするべきであり、本稿では「宇治の橋姫」の原像との直接的な関連は否定する。この他、建久九年（一一九八）成立の上覚による『和歌色葉』や『八雲御抄』に、古物語として「宇治橋姫」が挙げられるが、いかなる内容であったのかは不明とせざるを得ない。

# 厭世と栄華の宇治
## ——『源氏物語』『枕草子』の背景

藤本宗利

### 一、権勢の光と陰

『源氏物語』椎本巻は、次のような場面から書き起こされている。

二月二十日のほどに、兵《ひやう》部《ぶ》卿《きやう》宮《のみや》初瀬《はつせ》に詣《まう》でたまふ。古き御願《ぐわん》なりけれど、思しも立たで年ごろになりにけるを、宇治のわたりの御中宿《なかやど》りのゆかしさに、多くはもよほされたまへるなるべし。恨めしと言ふ人もありける里の名の、なべて睦《むつ》まじう思さるる、ゆゑもはかなしや。上達部いとあまた仕うまつりたまふ。殿上人などはさらにも言はず、世に残る人少なう仕うまつれり。

匂宮が大和国の長谷寺参詣の帰路、宇治に中宿りをしたと言うのである。橋姫巻で、薫から八宮の姫君たちの噂を聞かされて興味を覚えた宮は、むしろ宇治に立ち寄るための口実として、長年の間そのままにしてあった初瀬への「願ほどき」を思い立ったという設定。奔放で直情径行的でありながら、どこか憎めないおおらかさを具えたこの宮様の印象に、いかにもふさわしい参詣であると言えよう。

「恨めしと言ふ人もありける里の名」とは、『古今和歌集』雑下所収の、喜撰法師の

我が庵《いほ》は都の辰巳しかぞ住む世を宇治山と人はいふなり　〈九八三〉

という古歌をふまえたもの言いであるとされている。この一首、「宇治山」の名に「憂し」の「う」の意が掛けられていることは、よく知られるとおりである。

ちなみに初瀬への旅の中宿りとして、宇治に立ち寄るということは現実にあったらしく、たとえば『蜻蛉日記』上巻末、安和元（九六八）年九月の条にも見え、この時は往路復路とも、兼家所領の「宇治の院」に寄っていることが見える。

見やれば、木の間《こま》より水の面《おもて》つややかにて、いとあはれなる心地す。忍びやかにと思ひて、人あまたもなうて出で立ちたるも、我が心の怠《おこた》りにはあれど、我ならぬ人なりせば、いかにののしりて、とおぼゆ。車さしまはして、幕など引きて、しりなる人ばかり下ろして、川にむかへて、簾巻き上げて見れば、網代《あじろ》どもし渡したり。ゆきかふ舟ども、あまた見ざりしことなれば、すべてあはれにをかし。

実を言えばこの初瀬詣では、もっと後日に延ばしてほしいと、兼家から止められたのも聞かずに、出て来た旅であった。そのうえあまり目立たぬようにとの配慮から、供の者も多くは連れていなかった。それにしても、さみしい旅ではないか。これが私でなく、あのお方、北の方・時姫のお出かけなら、彼もどんなにか大騒ぎで世話したことだろうと、例によって夫の不実さに憤懣やるかたなしといった様子である。とは言え、川面のきらめきや、後述のように宇治の名物の網代や舟の行き交いなど、普段の都暮らしにおいては出会えぬ眺めに、どこか「あはれ」さを帯びた興趣を覚えているのは確かなようだ。

対して復路は、兼家に迎えられての中宿りとなる。

宇治の川に寄るほど、霧は、来し方見えず立ちわたりて、いとおぼつかなし。車かきおろして、こちたくとかくするほどに、人声多くて、「御車降ろし立てよ」とののしる。霧の下より、例の網代も見えたり。言ふかたなくをかし。自らはあなたにあるべし。まづ書きて渡す。

人心うぢの網代にたまさかによるひをだにもたづねけるかな

舟の岸に寄するほどに、返し、

帰るひを心のうちにかぞへつつたれによりてか網代をもとふ

見るほどに、車かき据えて、ののしりてさし渡す。

「人声多くて〜ののしる」とあって、往路とはうってかわったにぎやかさである。来た時は、「水の面つややかにて」とあって、晴天だったことがうかがえるが、今日は深い霧が一面に立ち込めて、むしろ陰鬱と言ってもよいような空模様。にもかかわらず、夫の出迎えに安堵している心のゆとりを反映してか、その霧の下から、来た日にも眺めた網代が見えたのを、「言ふかたなくをかし」と記している。往路には感じた「あはれ」の語が、なくなっている点に注意したい。

さらにはそうしたゆとりの反映か、作者は自分の方から岸上の兼家に歌を詠んで贈ってさえいる。言葉の上では相手の冷淡さを責める歌であるが、それは女性の詠歌の常套で、むしろそういう形で夫の迎えを喜ぶものであろう。「うぢ」に「憂」が掛けられているのは、古今歌と同様。また「ひを」には、鮎の稚魚「氷魚《ひを》」と「日を」の両義を掛け、「網代」の縁語に仕立ててある（こちらは、兼家の返歌も同様の趣向）。後述のように、これらは、宇治の詠歌の類型的な詠みぶりであった。

こうした表現から、「宇治」という土地の同時代的なイメージがうかがえよう。すなわちそこは、「世を憂」しと見る人たちの住まう場所。舟の行き交う川面に、網代が架け渡されて、鮎を獲る里人の暮らしばかりが眺められるような、わびしい土地柄なのである。

しかしながらその一方で、そこには兼家のような権門の人々の営む広壮な別邸があって、そこに主が君臨するや、辺りの様子は一変する。「いやしからぬ家の子」などが多く付き従って、かいがいしく作者の世話をする。人声も多く、活気にあふれる世界となるのである。「世に残る人少なう仕うまつれり」という匂宮の扈従とは比べるべくもなかろうが、それなりに映え映えしい思いだったであろうことは、想像に難くない。

作者は一方で夫の冷淡さを恨み、自分が正嫡と比べて世間から軽んぜられていると嘆く。その意味で「世を憂」しと感じている人であるわけだが、その一方で確実に、兼家の権勢の傘の下に、庇護されている存在でもあったことが露呈されるのである。

宇治とはまさに、権勢の光と影の交錯する土地なのであった。

## 二、厭世の土地

先述の「我が庵は」という歌の作者の喜撰は、六歌仙の一人に数えられながら、集中にはこの歌一首しか収められていない。「仮名序」にも「宇治山の僧喜撰」とあり、「詠める歌多く聞えねば、かれこれをかよはして、よく知らず」とあって、『古今集』成立の時点において、詠歌の多くは散逸し、ただ宇治山に住んだ僧ということくらいしか伝わっていないかのようである。したがって具体的には、それがどのような住まいだったか、知る由もないわけであるが、歌の趣から推して、何らかの理由で世間の交わりを厭って出家した、隠遁者の面影が髣髴として来よう。

この一首は、後世『小倉百人一首』にも採られて、人口に膾炙しているが、『源氏物語』中には橋姫巻にも、八宮の詠として次のように踏まえられている。

　あとたえて心すむとはなけれども世を宇治山に宿をこそ借れ

これは、冷泉院からの贈歌

世をいとふ心は山にかよへども八重立つ雲や君をへだつる

に対する返歌に当たる。贈歌は、「私も同様に俗世を厭う者として、あなたのお住いに心惹かれておりますが、なかなかお目にかかれませんのは、八重立つ雲のように私を隔てておいでになるからでしょうか」というもの。もちろん相手を非難する体《てい》によそえて、「お目にかかりたい」という意を伝える挨拶である。

対する宮の返歌では、「すむ」に「住む」と「澄む」の意を掛け、「俗世を捨てて、すっかり悟り澄ましているというわけではないのですが、世を憂きものと思う人が住むという、この宇治の地に仮住まいをしております」という内容。元の喜撰歌に比べると、俗世への未練が残る感がある。この返歌を受け取った冷泉院が、「なほ世に恨み残りけるといとほしく」思われたというのも、その故であろう。

この語が、椎本巻の「恨めしと言ふ人もありける」と響き合っている点には、改めて着目したい。あたかもこの宇治の「里」を、八宮の「恨み」――俗世に対する不如意の嘆きと、その反面の執着とが、呪縛しているかのようにも読み取れるのである。

いずれにしても『源氏物語』当時におけるこの土地が、この喜撰歌によって強く厭世の心象と関連付けられていたことは確実である。宇治とはすなわち、「世を憂」しと見切りをつけた人々が、俗世間を厭い、権勢や名利から遁れて住まう隠棲の地、というイメージで彩られていたのである。

ところが匂宮という人物像は、いかがであろうか。今上と中宮の間に生まれ、両親の寵愛を浴びている皇子。幼いころには六条院にあって、光源氏と紫上に慈しまれ、今もそのゆかりの人々から、「私《わたくし》の君」としてかしずかれている人。当然のこと、この中宿りにしても、多くの上達部・殿上人に扈従され、まさに「世に残る人少なう」お仕えするという状態で、当地に入って来たわけである。言わば世間から重要人物として大切にされる立場に慣れている人物であって、「不如意」とは無縁の存在なのである。

その匂宮が、薫から姫君たちの噂を聞いたことを契機に、それまで全く関心も関わりも持たずにいた宇治の里に、打って変わったような親近の情を寄せ、わざわざ初瀬詣でにこと寄せてまで、足を運ぶことを思い立ったのである。「ゆゑもはかなしや」という草子地は、そんな匂宮の単純かつ軽佻浮薄な思考・行動に対する語り手の慨嘆と捉えられよう。

## 三、歌ことばの宇治

ちなみに『古今和歌集』には、「世を宇治山と」の喜撰歌の他に、次の歌々が見える。

さむしろに衣片敷《ころもかたし》き今宵もや我を待つらむ宇治の橋姫　〈恋四・六八九〉
忘らるる身を宇治橋のなか絶えて人も通はぬ年を経にける　〈恋五・八二五〉
ちはやぶる宇治の橋守汝《はしもりなれ》をしぞあはれとは思ふ年の経ぬれば　〈雑上・九〇四〉

三首ながら宇治橋にまつわる歌であることは、注目されよう。

この橋は我が国の橋の中でも、最も古いものの一つとされ、七世紀にはすでに架橋されていたと言われている。(1)古くより交通の要衝で、往来の人の集まる場所として、宇治橋は注目を集めていたのであろうか。またそういう要衝であるがゆえに、古来多くの戦乱の舞台となったことについては、今井源衛氏の「宇治の山里」(2)の中で詳しく論じられているが、ここでは措こう。

いずれにしろ、人の移動上重要な場所であったからこそ、九〇四番歌のごとく「橋守」が置かれたのであろう。「ちはやぶる」は、「荒々しい」という意味で「神」に、また「勢いのある(氏《うぢ》)」という意で、同音の「宇治」にかかるとされる枕詞である。「年の経ぬれば」とあるところから推して、守人は老いているらしい。いかにも世俗を超越したかのような、白髯の翁の面影が浮かぼう。宇治の橋守に落ち着くまで、どんな人生を歩んできたのか。それなりに名利の巷を駆け抜けたらしい、その果てに、都の賑わいから逃れて、独り超然たる面持ちで、橋の往き来の人を見守る様が髣髴としてくる。

一方、八二五番歌に、「なか絶えて」とあるところを見ると、現代でも激しい宇治川の流れは、時に暴れて、橋を押し流すようなこともしばしばあったのだろう。「人も通はぬ年を経にける」とあるのに従えば、数年間、流されたまま放置されることもあったということか。

滔々と流れる宇治川に半ば残骸をさらしつつ、渡る人も絶えて年月を重ねた橋。その心象に重ねて、ここでは男性から飽き果てられ、通いの足も途絶えたまま、うち捨てられた女性の嘆きが詠出されている。「なか絶えて」には、「(男女の)仲」の意が掛けられている。旅人の出入りがあるからこそ、男女の出逢いもあったわけであろうが、かといって都とは異なり往来自体は決して頻繁ではない。幾日も行き交いの人の姿を見かけぬこともあったろう。幾たびかの通いの後は、ぱったりと音信も途絶えてしまった「忘らるる身」のあわれを象るのに、これほどふさわしい土地はないとも言える。「身を宇治橋の」には、「世を宇治山と」の歌同様に、「憂し」の意が響いていることは言うまでもあるまい。

同趣の和歌は『後撰和歌集』にも見える。

男の、ただなりける時には常にまうで来けるが、もの言ひて後《のち》は、門《かど》より渡れど、まで来ざりければ

絶えたりし昔だに見し宇治橋を今は渡ると音にのみ聞く　〈恋六・一〇〇五〉

まだ深い仲になっていなかったころには、よく訪ねて来た男は、心を許したとたんに、立ち寄ることもなく自分の家の前を通り過ぎて、よそへと通うという話だ。絶えていた宇治橋さえ、再び架けられて人々が渡るというのに。この「憂」き身の女には、今や男が他の女のもとへと通うのを、噂に聞くことしかできないのである。「なか絶えて人も通はぬ」という古今歌の心象を踏まえつつ、なまじ橋があるからこそ、それを渡って男がよそへ行くと転じて見せた。だがどちらにしろ女にとっては、怨みながらも待つしかないのである。

同じく待つ身のつらさを詠む六八九番歌。こちらは第五句を「宇治の玉姫」という異伝もある旨の左注がある。「橋姫」にしろ「玉姫」にしろ、その実態については諸説あってはっきりしない。橋を守る女神という説もあれば、橋のたもとで客を引く遊女という説、嫉妬のあまり相手を取り殺す鬼女という説まである。だがいずれにしろ、和歌における「橋姫」はあくまでも「待つ女」。恋人の間遠な訪れを嘆きつつ、ひたすら待ちつくす女性である。

「橋姫」というからには、宇治橋の近くに住まいがあったのであろう。男の方は京の宮仕え人であろうか。大和国へでも出かける途中で二人は出逢い、深い仲になった。そんなところであろうか。歌の趣からは、正式な「妻」という扱いをされているとは、とうてい思われない。月に数度、あるいは両三度、あるいはたった一度、思いついたように訪れる。そんな逢瀬を強いられる女なのであろう。

同じく山里とは言っても、嵯峨や賀茂とは違う。宇治に赴くには、木幡山を越えねばならない。とてものこと、多忙な仕事の合間を縫って通えるような場所柄ではない。時間的にも心理的にも、相当な余裕がなければ出かけて行こうとは思われないのである。

そのうえこの男は、おそらく都に歴とした妻を持つのであろう。そちらには通っていかねばならぬ義理もある。結果として宇治には、間遠が続くことになるのである。

「衣片敷き」とは、共寝の床《とこ》ならば二人で敷くべき夜具を、一人きりで敷いているということで、独り寝を表す歌言葉。ここでは、自分が訪れないことによって、孤独な夜を嘆いている相手の女性を思いやる、男の立場で詠まれている。

この「宇治の橋姫」という語は、後世の歌人たちのロマンティックな想像力を、大いに刺激したらしく、『新古今和歌集』には次のような歌々が並んでいる。

さむしろや待つ夜の秋の風ふけて月を片敷く宇治の橋姫　〈藤原定家・秋上・四二〇〉
片敷きの袖をや霜に重ぬらむ月に夜離《よが》るる宇治の橋姫　〈法印幸清・冬・六一一〉
橋姫の片敷き衣さむしろに待つ夜むなしき宇治のあけぼの　〈後鳥羽院・同・六三六〉
網代木にいさよふ波の音ふけて独りや寝ぬる宇治の橋姫(3)　〈慈円・同・六三七〉

いずれも空閨を嘆く女の立場からの歌である点は注意したい。歌人は空想の翼を宇治へと飛ばし、来ぬ人を怨んで夜々を過ごす「待つ身」のあわれを造形したが、皎々たる月影と言い、霜の白さと言い、いずれも冷えさびた風物を宇治橋の上に重ねて見せた。どうやらこの橋には、花紅葉の彩りよりも、こうした荒涼の景こそがふさわしいということであろうか。女はこうして、男の訪れのないことを嘆きわびつつ、秋の夜長や冬の霜夜を独り寝の床で過ごしたのである。

嘆きは、やがて恨みへと変わり、女の胸中に激しい焔となって燃えさかってゆくのであろうか。説話の橋姫は、鬼と化していったが、和歌の中では、怨みながらも、ひたすら男を待つ優しい女たちである。

その優しさが、男をいっそう甘えさせてしまう。こうして距離や時間の無さにこと寄せて、次第に男の足は遠のくのであった。にもかかわらず、彼がこの宇治の通い所を切り捨てることができないでいるのは、そこが宮仕えの阿諛追従、婚家への気遣いなど、都の暮らしの煩わしさから、しばしの間解き放たれて、疲れた心身を癒してくれる空間であったからかも知れない。都の華やぎから隔絶された、ものわびしくうらぶれた土地。だからこそ、都会暮らしに疲れた人――「世を憂」しと感じた人が、この土地に慰撫を求めてやってくる。宇治はそういう土地なのであった。

## 四、万葉歌からの伝統

ところで『古今集』よりも早く、『万葉集』において、宇治は以下のように詠まれている。

もののふの八十《やそ》宇治川の網代木《あじろき》にいさよふ波のゆくへ知らずも　〈柿本人麻呂・巻三・二六四〉
宇治川は淀瀬《よどせ》なからし網代人《あじろひと》舟呼ばふ声をちこち聞こゆ　〈巻七・一一三五〉
宇治川に生ふる菅藻《すがも》を川速《はや》み取らず来にけりつとにせましを　〈同・一一三六〉
宇治人の喩《たと》ひの網代我ならば今は寄らまし木積《こつみ》来ずとも(4)　〈同・一一三七〉
宇治川を舟渡せをと呼ばへども聞こえずあらし梶《かぢ》の音《おと》もせず　〈同・一一三八〉
ちはや人宇治川波を清《きよ》みかも旅行く人の立ちかてにする　〈同・一一三九〉
もののふの八十宇治川の速き瀬に立ち得ぬ恋も我はするかも　〈巻一一・二七一四〉

一見して明らかなごとく宇治と言うと、宇治川の流れが思い浮かぶといった趣。しかもその流れは、「淀瀬なからし」「川速み」「速き瀬」と詠まれるごとく激烈にして、かつ「波を清み」

とあるように清澄なのである。

二六四番の人麻呂歌や二七一四番歌に見える「もののふの」は枕詞。文武の官の数の多いところから、「八十氏《やそうぢ》」を導き、「氏」と同じ響きの「宇治」という地名に掛かる。また一一三九番歌の「ちはや人」も、先述『古今』九〇四番歌の「ちはやぶる」同様、「勢いの強い（氏）」という意味で、「宇治」へと掛かる枕詞である。いずれの枕詞も、力強く勢いのある様子を想起させるような語感を有する点に注目したい。それらは「（八十）氏」の勢力・活気あふれた様を介して、同音の「宇治」を導いているのだが、同時に豊かな水の迸り流れるイメージとも重なっているのである。

また後世宇治川の名物として、多くの文学作品に言及される「網代」も、「宇治人の喩ひの網代」とあるように、すでに万葉時代から名高い景物であったことがわかる。「網代」とは、竹や木を編んだものを川の中にかけて魚を追い込み、捕えるための漁具で、宇治川の場合はもっぱら鮎を獲ったらしい。

人麻呂の二六四番歌の場合、この網代に鮎ならぬ波が寄ると詠む。「いさよふ波のゆくへ知らずも」は、急流が網代に遮られて生じる白波が、たちまちにして消えながら、かつ後から後から生じる様を詠じたもの。

世の中を何に喩《たと》へむ朝ぼらけ漕ぎ行く舟の跡の白波　〈沙弥満誓・哀傷・一三二七〉

という『拾遺和歌集』の一首(5)のごとく明白な形ではないが、無常を象っているように見える。そういう眼で見ると、急流に浮かべた舟が行き交う様（一一三五番）、その舟の梶音さえ掻き消すような激しい水音（一一三八番）、ひいては人の立つことさえ阻むような激しい流れ（二七一四番）の景、それらはいずれも、そこはかとなく無常の趣を漂わせていよう。「世を宇治山」という古今歌につながってゆく素地は、すでに『万葉集』のころから兆していたとみるべきであろう。

この網代の語は、『古今集』の宇治の歌には見出されないのだが、『後撰集』には

宇治川の波にみなれし君ませば我も網代に寄りぬべきかな　〈大江興俊・雑二・一一三六〉

のごとく見える。特に鮎の稚魚の「氷魚《ひを》」に、「日を」を掛詞とする次の一首などは、先に『蜻蛉日記』の例に即して述べたごとく宇治川の詠歌の類型の一つとして、注目されよう。

数ならぬ身を宇治川の網代木に多くの日をも過ぐしつるかな　〈拾遺・恋三・八四三〉

相手はおそらく、歴とした妻がよそにいる男なのであろう。ないがしろに扱われて、幾日も音信が途絶えたまま。それでも女は、男への未練が断ち切れない。そんな趣の歌である。「身を宇治川の」に「憂」の意味が掛詞として込められていることは言うまでもない。ここにも世の中を恨んでいる人物が詠みこまれているのである。

そう言えば、宇治川の急流におのが恋心の激しさを象る二七一四番歌は、明らかにそれが叶えられないと嘆く歌意。「網代に木屑（「木積」）が来なくても、私が寄っていくのに」と詠む一一三七番歌も、本文に不明な点があってはっきりとしないものの[6]、男女の仲の不如意を嘆く体《てい》である。さらには家で待っている人――妻や恋人であろうか――への土産にしようと、菅藻を採りたかったのに叶わなかったという一一三六番歌も、一一三五番・一一三八番歌のように迎えの舟を呼んでもなかなか来ないというのも、要求が叶えられないという点では共通している。

その点では一一三九番歌も、「旅に出なくてはならないのに出発できない」というのだから、不如意と言えば不如意であろう。もちろん当該歌は、そういう不如意を慨嘆する形で、宇治川の美しさを讃えているのだが……。

こうして見ると、和歌の世界における「宇治」は、「憂し」との掛詞というイメージの固定化がなされるより早く、すでに不如意を嘆く歌々とのつながりが深かったのであった。

## 五、不如意の人々の宇治

ちなみに、この「氷魚」と網代と宇治の組み合わせは、『源氏物語』にも見える。

「網代は騒がしげなり。されど氷魚も寄らぬにやあらん、すさまじげなるけしきなり」と、御供の人々見知りて言ふ。あやしき舟どもに柴《しば》刈り積み、おのおの何となき世の営みどもに行きかふさまどもの、はかなき水の上に浮かびたる、誰《たれ》も思へば同じごとなる世の常無さなり。我は浮かばず、玉の台《うてな》に静けき身と思ふべき世かはと思ひ続けらる。

十月になりて、五六日のほどに宇治へ参《まう》でたまふ。「網代こそ、この頃は御覧ぜさせめ」と聞こゆる人々あれど、「なにか、その蜉蝣《ひをむし》にあらそふ心にて、網代にも寄らん」と、そぎ棄《す》てたまひて、例の、忍びやかにて出で立ちたまふ。

両者とも橋姫巻の用例。

網代で氷魚を漁り、柴を積む舟で川を行き交う里人の暮らしを見て、「世の常無さ」という点では我が身も同じだと観ずる前者。網代見物を勧められ、その網代に寄る氷魚のごとく、我が身も蜉蝣《ひおむし》のはかない心でありながら、何で浮かれて見物などしようかと省みる後者の例。共に宇治の里人の営みから、薫自身の無常の自覚へと転換される点に特徴がある。

この人は光源氏と朱雀院の女三宮との間の子として世間にもてはやされ、六条院という「玉の台」で養われながらも、幼いころから自らの出生に疑念をいだいていた(7)。つまり心に憂いをかかえていたわけである。

そういう彼が、「俗聖」とも言うべき八宮の生き方を噂に聞き、憧れをいだきながら、この宇治の地に足を運ぶようになった。そうしてその結果、今は八宮のもとに仕える故柏木衛門督の侍女・弁という老女にめぐり会い、彼女から手渡された古い手紙によって、自分が密通の結果生まれた「罪の子」であった事実を知ることになる。

片や八宮の方も不如意の人であった。彼は桐壺院の皇子、ということは光源氏の異母弟である。将来を嘱望された人物であったが、朱雀院の御代、源氏が須磨明石に謫居していた時期に、弘徽殿女御一派が画策した陰謀に利用されてしまう。冷泉院の東宮時代に、東宮を廃立して、この宮を立坊させようと謀ったと言うのである。この陰謀は未然に終わり、東宮が即位し、その後見として光源氏が政界に復帰を果たすとともに、世間の人々はこの宮との関わりを憚り、付き合いを嫌うようになる。続いて今上が即位すると、その后の宮は源氏の娘・明石中宮で、彼女の産んだ第一皇子が東宮に立つという具合。さらに源氏の後継の夕霧は、今や右大臣として世の固めとなっているわけで、まさしく光源氏一門の世の中と言って良い状況である。そんな中で、なまじ一時的にも即位の夢など思い描いたばかりに、世の中から遠ざけられ、零落していった悲運の親王なのであった。

失意のあまり、後見人たちは次々と世を捨て、宮は世渡りの術《すべ》も知らぬまま、取り残されることとなった。やがて娘を二人残して、最愛の夫人が死去。悲哀の宮に、さらに追い打ちをかけるごとくに、京の邸も焼失し、宇治の山荘へと移り住まうことになった。音楽に慰撫を求めるだけの日々。宮はこの地に籠って、娘の養育と仏道修行に専念して過ごすのであった。

まさに典型的に、「世を憂」しと見る人なのである。

こうして政争に敗れ、「光」の世界から隔絶された八宮は、宇治の地に籠り、その一方光の世界のただ中にいながらも、心の内に闇を抱え込んだ薫は、その宮の生き方に共鳴して、彼と親交を結ぶ。二人が強い信頼関係で繋がっていくのも、おそらくは互いに「同族」の匂いを嗅ぎ取ったからではあるまいか。彼らは、世をままならぬと観ずる点で、明らかに同族なのだった。

このようにして世間に対して不如意の思いをいだいた人々が、さながら網代に氷魚が寄るごとく、宇治という地に惹きつけられてくる。彼らにとって宇治は、言わば必然の舞台であったわけである。

## 六、異種としての匂宮

そういう闇を抱え込んだ人々とは、全く対照的に描かれているのが、椎本巻頭の匂宮の宇治訪問なのである。現世に何らの不如意も感じることもない人。思うことと言えば色恋のことばかり。宇治にも、ただ姫君たちに憧れて、立ち寄ったに過ぎない。八宮や薫にとっては唯一の救済——闇路を照らす標《しるべ》の光明と頼む信仰さえ、匂宮にとっては、宇治への中宿りのための「はかな」い口実に過ぎないのであった。

こうして匂宮の屈託のなさが対峙されることによって、宇治の人々の闇の深さが、いっそう際立つ構造になっていることに注意したい。匂宮が、この「恨めしと言ふ人もありける里」に紛れ込んだ「異種」でしかあり得ないことは、あまりにも明白なのであった。

ところで、その光の世界の住人である匂宮が、多くの扈従にかしずかれつつ迎え取られるのが、夕霧の別荘だという点に着目したい。

ここは、「六条院より伝はりて、右大臣しりたまふ所」とあり、「川よりをちにいと広くおもしろくてある」とあって、光源氏から伝領された建物で、広壮で贅美を尽くした住いであったことが類推される。すなわち源氏一門の栄華の象徴のごとき建物である。

そこに「私《わたくし》の君に心寄せ仕《つか》うまつ」られて、すなわち一門の人たちにとっての主君と崇められる形で、匂宮が君臨するや、彼を取り巻いて管弦の宴が催される。

片や「川のこなた」と記された八宮邸では、川風の運んでくるその賑わいを、岸を隔てて聞くばかりである。かの一門の栄華は、「たださし渡るほど」とされるほど、すぐ向こう岸にありながら、同時に決して手の届かぬ世界のことでもあったのである。

その楽の音が、この「世に数まへられたまはぬ古宮〈橋姫巻〉」に、かつては自分にも、かように華やいだ日々があったという事実を思い起こさせる。

あはれに久しくなりにけりや。かやうの遊びなどもせで、あるにもあらで過ぐし来にける年月の、さすがに多く数へらるるこそかひなけれ

今さらながらに、帰らぬ昔。「世が世であれば」と思ってみても、かいのない宿世の空しさ。そうしてそれによって、改めて八宮の「恨み」が対照的に際立つことになるのである。

そうして見ると、八宮から夕霧邸に届けられた歌は、源氏一門の人々の栄華と、自らの不遇の暮らしとの隔絶を恨んでいるようで、ひとしお興味深い。

山風にかすみ吹き解く声はあれどへだてて見ゆるをちの白波

これに対する匂宮の詠は次のごとくである。

をちこちの汀《みぎは》に波はへだつともなほ吹きかよへ宇治の川風
山桜にほふあたりにたづねきておなじかざしを折りてけるかな

岸の「をちこち」の二つの世界は、「波」に隔てられて、決して交わりようもないことを、改めて確認するような趣である。全き光の世界の住人である匂宮にとって、宇治の「聖の宮」の生き様など、さらに関わりのないこと。彼にとっての関心事は、ただ「山桜」のごとく美しい娘たちのことでしかないのであった。

代わって陰と陽の両世界を往き来するのは、一門の栄光のただ中にあって、心に闇を抱え込んだ薫であるというのも注目に値しよう。

## 七、准拠としての宇治別業

この夕霧の別荘について『花鳥余情』が、「河原左大臣融公の別業」である「宇治院」を准拠にすると説いているのは、よく知られるところであろう。

そののち六条左大臣雅信公の所領たりしを、長徳四年十月の比、御堂関白此の院を買とりて、おなしき五年、宇治の家にむかひて乗船の遊などありき。宇治関白の代になりて、永承七年に寺になされて、法華三昧を修せられ、平等院となづけ侍り。――中略――六条左大臣よりつたはりたるを、六条院よりつたはりてとはかきなし侍るなり。

中嶋朋恵氏は「宇治の世界――橋姫巻――」(8)において、この『花鳥余情』の注に言及し、「平安時代宇治には多くの貴顕の別荘があったと思われるが、その中でも著名な源融の別荘、宇治院、道長の別荘＝平等院の名が見える。もっとも兼良はこれらが同一のものとしている。しかしこの説には問題点が多い」とされた。すなわち源融の別荘が宇治にあったことは『扶桑略記』によって確認できるが、これが「宇治院」と称されたかどうかは定かではないこと。また皇室所領の「宇治院」という建物が、「宇治川の東岸」にあったことは、『本朝麗藻』所収の藤原伊周の、「與諸文友泛船於宇治川聊以逍遥」という漢詩によって確認できるが、これと前述源融の別荘とが同一のものかは不明であること。さらに道長から頼通へと伝領された別荘、すなわち現在の平等院は、この宇治院とは対岸にあることが述べられている。

なお先に引いた『蜻蛉日記』に描かれた兼家所有の「宇治の院」は、都から陸路で至り着くとされているところから、川のこちら側、東岸にあったことがわかる。とすれば、道長の別荘は兼家の手から伝領されたものではないことも明らかである。

彼はこの別荘を「六条左大臣雅信公」から買い取ったとされるが、中嶋氏は『小右記』長保元年八月七日の記事を引いて、この説を訂正しつつ裏付けている。『小右記』では件の別荘は、「六条左府の後家の手より買領する處なり（読み下しは中嶋氏による）」というもので、なおかつ「六条左府」とは『花鳥余情』の言う「雅信」ではなく、雅信の弟の重信だということである。

だがいずれにしても「川よりをち」、つまり都から赴くと川の向こう岸にあると書かれた夕霧の別邸が、現在の平等院と同じ宇治川西岸にあることは確実である。そうして平安時代の『源氏物語』の読者たちが、宇治の物語の舞台の向こう側に、この道長の邸を想起しながら読んだらしいことは、『更級日記』の次のくだりなどを見れば明らかであろう。

紫の物語に宇治の宮のむすめどものことあるを、いかなる所なれば、そこにしも住ませたるならむとゆかしく思ひし所ぞかし。げにをかしき所かなと思ひつつ、からうじて渡りて、殿の御領所《ごらうしよ》の宇治殿を入りて見るにも、浮舟の女君の、かかる所にやありけむなど、まづ思ひいでらる。

この「殿」とは、「宇治の関白」と称された頼道のこと。作者が「からうじて渡りて」見たという「殿の御領所」とは、「川よりをち」の西岸の邸、すなわち現在の平等院に当たる、道長の別業であることは間違いない。

ところで、夕霧の邸が平等院と重ね合わされて読まれていたとすれば、その邸と「たださし渡るほど」の距離しか離れていないとされた、「川のこなた〈橋姫巻〉」の八宮邸は、実在のどの建物のイメージと重ねられたのであろうか。

『花鳥余情』では、「いまの橋寺のわたりをいへる也」としているが、いかがであろうか。対岸と言うならば、宇治神社・宇治上神社のあたりこそふさわしいのではなかろうか[9]。なぜなら『花鳥余情』は、八宮のモデルとして「菟道稚子《ウチワカコ》」(菟道稚郎子《うじのわきいらつこ》)を想定しており、宇治・宇治上両社こそ、その稚郎子の邸である桐原日桁宮《きりはらのひげたのみや》跡と伝えているからである。両社が、菟道稚郎子を祭神としていることは言うまでもない。

菟道稚郎子は応神天皇の皇子で、大鷦鷯尊《おおさざきのみこと》(後の仁徳天皇)の弟に当たる。父帝は美貌で優秀な弟の稚郎子を愛し、皇太子につけたが、父の死後、稚郎子は兄をさし措いて帝位に即くことはできないとして、宇治に籠ったと言う。兄弟は互いに帝位を譲り合って、三年間も決着がつかなかったので、ついに稚郎子は、大鷦鷯を即位させるために、自殺を遂げたと伝えられる。

稚郎子は、兄の大鷦鷯尊に位を譲って宇治に籠り、八宮の方は、弟の十宮（後の冷泉院）に即位されたことで、宇治に隠棲を余儀なくされた。「そのほいをとけすして、世をうち山に名をのかれ侍る、そのあと相にたる」というのである。

この稚郎子の准拠説に対し、本居宣長は『源氏物語玉の小櫛』の中で、否定的に述べているのも興味深いところ。

惟喬親王に准拠して書るなるべし、冷泉院の御世になりて、世にはしたなめられ給へる事、似たることあり、又宇治にすみ給ふは、かの親王の、小野の山里にこもり住給へりしに准へたるなるべし、薫君のとぶらひ参り給へるも、業平朝臣のおもかげあり、菟道稚郎子の御事は、さらによしなし〈九の巻　宇治〉

これもまた魅力的な見解ではあり、八宮のみならず、薫の人物像にも陰影と奥行を付与するものである。だが先述の『更級』の作者がそうであったように、物語の虚構世界を現実の宇治の風景に重ねて読むということは読者心理の常であろう。とすれば、平等院になぞらえ得る夕霧の邸と、宇治川を隔てて対峙する住まいという条件を考えた時、宇治神社・宇治上神社のたたずまいと、そこを宮にしていたとされる菟道稚郎子の投影は否定できないように思われる。

「そのほいをとけすして、世をうち山に名をのかれ」た貴種のイメージなのである。

## 八、伊周の見た「滅び」

換言すれば、それほどまでに「ほいをとけすして」「名をのかれ」る人々と、宇治という土地とのイメージの連環は強固なのである。

そう言えば先に引いた藤原伊周の、「與諸文友泛船於宇治川聊以逍遥」中の第四聯は、「村南柳樹将軍宅／橋北稲花帝王田」には以下のごとき自注が付されている。

深草西岸有一旧墟、臨河有楊柳両三株、人伝天慶征東使終焉之地也――中略――宇治院台榭已毀、只有点田。

このうち、「宇治院云々」によって、「橋北」つまり宇治川東岸にあった皇室所領の宇治院が、この時点ですでに跡形もなくなって、水田と化していたことがわかる。一方、対岸の「旧墟」は「天慶征東使終焉之地」と言い、このころにはその邸跡の柳の木が、川辺に二、三株残っていただけだというのである。

この「天慶征東使」とは、天慶年間に平将門追討の征東大将軍として派遣された藤原忠文《ただぶみ》のこと。ところが彼が東国へ到着する前に、将門の乱は鎮圧されてしまったという。そのため藤原実頼《さねより》の反対にあって恩賞に与かることを得ず、死後実頼の一門に祟ったと伝えられ、「悪霊民部卿」とも称される。

ここにも確かに不如意を嘆いて、この地で果てた人が存在する。主を失った邸は、まもなく荒廃し、ついに崩れ去った。その崩壊の哀れさと、主人の遺恨への同情を感じつつ、今も貴人たちは宇治に遊覧する。権勢の光と影が、こうして川の両岸に交錯する感を呈するのである。

そもそも風光明媚なうえに水運の便にも恵まれたこの地に、別業を設ける貴顕が多かったという現実的な問題(10)も、これには関わっていたに相違ない。

盛者必衰、栄枯盛衰は世の常である。いかなる栄華も、時が経てばいつかは衰微する。源融の別荘も、伊周の詠じた宇治院も忠文邸も、もとは広壮な建物であったろうが、今やすっかり朽ち果てている。立派な建物が造られ、その一方で灰燼と化して行く様は、まさに人麻呂歌の「八十宇治川の網代木にいさよふ波のゆくへ知らず」といった趣である。

その荒廃して行く有様を、『蜻蛉日記』にうかがうことができる。中巻天禄二（九七一）年七月ころの記事、作者が再び初瀬に参詣した折のことである。この時の中宿りには、兼家の叔父で、前年七月に亡くなった藤原師氏《もろうじ》の邸に宿泊している。

見めぐらせば、あはれに、心に入れてつくろひたまふと聞きしところぞかし、この月にこそ、御果てはしつらめ、ほどなく荒れにけるかなと思ふ。

前回兼家の「宇治の院」に作者が泊まった折、たまたま来合わせていた師氏から消息が寄せられ、夫が殿上人をうち連れて、舟で対岸の邸に訪問した、その交誼を回想して、彼女は改めて、人の世の無常に感じ入っている。

この師氏の邸は、ほどもなく人手に渡ったか、朽ち果てたかしたのであろうか。それを言えば、兼家の邸も同じこと。道長がわざわざ「自六条左府後家手買領」したと言うのを見れば、少なくとも道長の手には伝領されなかったわけである。

想像の域を出ないことはもちろんだが、この「宇治の院」が兼家の後継たる道隆に譲られた可能性はあろう。だとすれば伊周が件の詩を詠じたのは、父の別業に舟で遊覧した折のことかもしれない。

いずれにしても、詩中で「将軍宅」の荒廃によそえて主の忠文の遺恨に同情を寄せた伊周自身、長徳の政変で官界を逐われ、「世をうち山に名をのかれ」るどころか、はるか太宰府まで流されることとなったのは、皮肉なことであろう。父道隆の薨去の翌年、長徳二（九九六）年のことである。翌三年には罪を免ぜられて帰洛。妹の定子中宮に対する一条天皇の寵厚きことを唯一の頼みに、また彼女の夭折後は、定子腹の第一皇子敦康親王の即位に望みをつないだが、果たせず、道長の娘・彰子が敦成・敦良両親王を立て続けに産むに至って、失意の内に亡くなった。享年三七、父の道隆よりも短い生。これも確実に、「世を憂」しと見る人であったわけである。

その彼が件の詩を詠じたのが、仮に政変後のことであったとしたら、彼が慨嘆した邸跡の残骸と、ひときわ鮮やかな対照をなすかのように、道長の宇治別業が燦然と陽を浴びていた可能性はある。そしてもしもそうだとすれば、伊周は宇治院や忠文邸の崩壊にこと寄せて、どれほど賛美をつくしたところで、やがてはかように朽ち果てる運命であると、道長邸に対してあてこすっていると見える。

## 九、宇治遊覧の光と陰

どちらにしても、この道長邸を眼にした時、伊周は平静な心ではいられなかったことであろう。なぜならそれは、中関白家の人々にとって、屈辱的な思い出につながる「記念碑」だったからである。

長保元（九九九）年八月九日、道長は早朝からこの別荘へと出かけた。『花鳥余情』に「おなしき五年[11]、宇治の家にむかひて乗船の遊などありき」とあったのと同一の遊覧である。

このことに関して、『小右記』の記事は注目すべきであろう。すなわち当日は、中宮定子の里邸（ただし、実際には中宮大進であった平生昌の邸。「三条宮」と称する）に退出する予定になっていたというが、行啓に供奉する上達部がなく、あわや延期になるかというところだったと記すのである。

左府拂暁引率人々向宇治家、自六条左府後家手買領處也、今夜可渡彼家云々、似妨行啓事、上達部有所憚不参内欤

『小右記』によれば、その原因は左大臣道長が人々を引率して宇治の別荘に遊覧に出かけたからだというのである。それは意図的に行啓妨害を図ったのだと、日ごろから道長に批判的な立場をとる小野宮実資らしい見解を示している。

もっともかく言う実資自身、数日前からの「所労」を理由に参内していなかったのである。それでも、頭弁藤原行成からの依頼に、「他に供奉する者がいないのなら」と腰を上げたのであるが、少し早く参内した藤原時光の奉仕によって、何とか行啓が遂行された。

行成の『権記』によれば、この日の行啓については四日に帝からの仰せがあった。にもかかわらずすでに七日の段階で、「九日可出里第、而公家為仰其事、召遣上卿、悉申故障不参入

《『小右記』》」という状況であったと記されている。上達部たちは皆、中関白家の后の宮への奉仕を避けたかったのである。言うまでもなく、道長の手前、この一門の人たちとの関わりを憚ったのであった。

それは他でもない。この行啓が、出産に備えての退出であったからにほかなるまい。

定子は長徳元（九九五）年四月に、父関白道隆を喪った。翌二年には同腹の伊周・隆家兄弟が、花山院への不敬の罪を問われて左遷。自らも出家を遂げている。通常ならこれで「后」としての生命は断たれたはずである。

だがこの女人《ひと》の場合はそれでは終わらなかった。

長徳二年の十二月に脩子内親王を産むと、一条天皇は待望の第一子との面会を強く望み、再三にわたって宮の参入を促し、ついに翌三年の六月に、定子は内親王をともなって再出仕。帝の計らいで、職《しき》の御曹司《みぞうし》に住まうことになる。

それから間もなく、再びの懐妊である。

これは、我が娘彰子の裳着、その後の入内を控えて、準備に余念なかった道長にとって、極めて不快であっただろうこと、想像するに難くない。嫌がらせをしたくなる気持ちもわからないではない。

それにしても、一国の帝王が国母たる后の行啓として決定した当日に、いやしくも左大臣という重責を担う者が、私的な遊覧を理由に公務を放棄するという状況はいかがなものであろうか。あまつさえ、多くの公卿たちが道長の機嫌をうかがうかのように、「故障」の由を申し立て、あるいは彼に追従同行し、あるいは彼を憚って参入しなかったというのである。

行成の奔走によってようやく行啓が執り行われたのだが、退出先の生昌邸は、そもそもこんな貴人を迎えるような事態を想定するような家格ではないので、門が狭くて大型の檳榔毛車など入ることもならず、宮様の輿は通ったものの、女房たちは車を降りて庭を歩かされた(12)ということで、『枕草子』「大進生昌が家に」段では、散々に非難されている。

例によって清少納言の筆は涙の跡もなくて、中宮の不遇や主家の政治的惨敗など知らぬげに、武骨者の生昌をやりこめる笑い話に収まっているのだが、その実定子後宮の人々の心中たるや、どれほど屈辱と悲嘆に満ちていたかは推量に余りある。『枕草子』の敢えて書かなかった背景として、定子の置かれた悲惨な境遇を痛感させるとともに、当時の道長の権勢が、それほどまでに圧倒的で、時に天威を凌ぐばかりであったことを示す事件である。

しかしながら視点を換えて、道長の心理に沿ってこの出来事を考えてみたい。先に見たごとく彼の政治的な力は十分なものがある。あとは娘の彰子の入内を果たすばかり。そうすれば若く美しい彰子の前に、言わば「古馴染」の定子など霞んで行くに相違ない。彼としてはそう思いたかったところであったろう。

ところが、である。もう「終わった女」と侮っていた后が、性懲りもなく舞い戻って来て、しかも何と再び子を成したと言う。絶対的とも言って良いほどの、道長の政治力をもってしても、動かせないものは人が人を思う心であった。まさに『栄花物語』〈浦々の別れ〉が当時の帝と中宮の関係を描いて、

上も宮も、よろづに思しめしはばかること多くおはしませど、ひたみちにただあはれに恋しう思ひきこえさせたまへるほどなれば、人のそしらむも知らぬさまにもてなしきこえさせたまふも、この方はずちなきことにこそあめれ。

と述べた通りである。

深謀遠慮をこととする感の強い道長が、「似妨行啓事」と批判されてしまうような、露骨で大人げない嫌がらせを演じずにいられなかったほど、帝寵を一身に集める定子の存在が苛立たしかったのだとも言えるのではないか。(13)

いかな道長と言っても、この時点では、我が娘彰子が後一条・後朱雀両帝の母となり、「望月のかけたることも無」き栄華を掌中に握る自らの将来を、見通せていなかったのは確かである。だからこそこの日、仲秋八月の陽光を浴びて宇治川を行く舟の中で、近習たちとの詩文の

宴[14]などに興じながら、川面のきらめきに映えて浮かび上がるかつての別業の残骸――「世を憂」しと見つつ滅んで行った家々の夢の跡に、移ろいやすき権勢の光と陰を、誰よりも深く感じ取っていたのは、他ならぬ道長自身であったかもしれない。

※古典本文の引用は以下のとおり。『後撰集』『拾遺集』は岩波書店・新日本古典文学大系、それ以外は小学館・新編日本古典文学全集によった。また『花鳥余情』は『源氏物語古注集成』（1・桜楓社）に、『小右記』は東京大学史料編纂所編纂『大日本古記録』（岩波書店）に、『源氏物語玉の小櫛』は『本居宣長全集』（第四巻・筑摩書房）によった。いずれも用字等適宜改めた。

**注**

（1）橋寺放生院にある「宇治橋断碑」によれば大化二（六四六）年の架橋とされる。
（2）『講座　源氏物語の世界』（第八集・有斐閣）所収。
（3）第一・二句は後出の人麻呂歌（万葉・二六四）の本歌取。
（4）新編全集の本文では第四句を「今は王良まし」とし、頭注で「今は訓義の決定を保留する」と記す。「寄らまし」の読みは、岩波の新大系の本文によった。
（5）作者満誓は万葉歌人。当該歌も、元は『万葉集』巻三に、第三句以下を「朝開《あさびら》き漕ぎ去《い》にし舟の跡なきがごとし」〈三五一〉として収められている。
（6）前項注（4）参照。

（7）匂宮巻に「幼心地にほの聞きたまひしことの、をりをりいぶかしうおぼつかなう思ひわたれど、問ふべき人もなし」とある。
（8）『源氏物語講座』（第四巻・勉誠社）所収。
（9）所京子氏「『橘の小島の崎』の再検討」（『斎王研究の史的展開　伊勢斎宮と賀茂斎院の世界』第十章・勉誠出版）に詳しい。
（10）前出今井氏論文、注（2）参照。
（11）長徳五年一月に「長保」と改元。
（12）『小右記』八月十日の条に、「件宅板門屋、人々云、未聞御輿出入板門屋云々」とある。
（13）片山剛氏「藤原道長の宗教心」（『千里金蘭大学紀要』一二・二〇一五年）には、道長が彰子の男子出産を祈願して、たびたび参詣や供養を行ったことが見える。
（14）前出伊周の作にもあるが、遊覧の際に詩を詠ずることが多かったようで、『本朝麗藻』には、道長自身の詠も見える。また稗田尚人氏「藤原道長の別業経営と宇治別業・桂別業の歴史的位置づけ」（『京都大学　歴史文化社会論講座紀要』一三・二〇一六年）では、宇治別業の役割として「近習卿相」の具体化、すなわち「政治につながる現実的・実質的な人間関係の形成」と指摘される。ちなみに長保元年八月の遊覧に同行した「近習」は、『権記』によれば藤原道綱と藤原斉信。

# 宇治と和歌
## ――憂鬱な風土の想像から創造へ――

中田幸司

## 一、はじめに

日本の和歌史上「歌の聖」と名高い柿本人麻呂の歌に、次のものがある。(1)

近江の荒れたる都に過る時に、柿本朝臣人麻呂が作る歌

玉だすき　畝傍の山の　橿原の　聖の御代ゆ〈或は云ふ、「宮ゆ」〉生れましし　神のことごと　つがの木の　いや継ぎ継ぎに　天の下　知らしめししを〈或は云ふ、「めしける」〉天にみつ　大和を置きて　あをによし　奈良山を越え〈或は云ふ、「そらみつ　大和を置き　あをによし　奈良山を越えて」〉いかさまに　思ほしめせか〈或は云ふ、「思ほしけめか」〉天離る

鄙にはあれど　石走る　近江の国の　楽浪の　大津の宮に　天の下　知らしめしけむ　天皇の　神の尊の　大宮は　ここと聞けども　大殿は　ここと言へども　春草の　繁く生ひたる　霞立ち　春日の霧れる〈或は云ふ、「霞立ち　春日か霧れる　夏草か　繁くなりぬる」〉ももしきの　大宮所　見れば悲しも〈或は云ふ、「見ればさぶしも」〉　（『万葉集』巻1・二九）

反歌

楽浪の志賀の唐崎幸くあれど大宮人の船待ちかねつ　（『万葉集』巻1・三〇）

楽浪の志賀の〈一に云ふ、「比良の」〉大わだ淀むとも昔の人にまたも逢はめやも〈一に云ふ、「逢はむと思へや」〉　（『万葉集』巻1・三一）

柿本朝臣人麻呂、近江国より上り来る時に、宇治河の辺に至りて作る歌一首

もののふの八十宇治川の網代木にいさよふ波の行くへ知らずも　（『万葉集』巻3・二六四）

柿本朝臣人麻呂が歌一首

近江の海夕波千鳥汝が鳴けば心もしのに古思ほゆ　（『万葉集』巻3・二六六）

『万葉集』を巻頭から紐解くと最初に目にする人麻呂歌は、壬申の乱によって天智天皇の近江大津宮から天武天皇の飛鳥宮へと遷都されたために荒都となった地を詠んだ、近江荒都歌である。益田勝実はこの歌を廃墟が文学の主題となった日本文学史上初の用例と位置付ける。(2)ま

た、『万葉集』巻3に採録されていながら、近江荒都歌とのかかわりを容易には否定できない近江歌二首も合わせてあげておく。これらについては先行研究も少なくないが、本稿ではまず『万葉集』巻3・二六四番歌に着目し、この詠みぶりが後世、宇治の地に及ぼした内実と、宇治の心の基準となった「憂し」とのかかわりをみていくこととしたい。

## 二、生死の境・宇治川

そもそも宇治とはどのような地として認識されてきたのだろうか。まずは、どのように今日、理解されているのかを確認しておくと田坂憲二は、

山城国の歌枕。現在の京都府宇治市を中心とする一帯。『和名抄』の宇治郡・久世郡に該当する。大和から近江を経て北陸を結ぶ、古北陸道の重要な結節点であり、日本最古の架橋といわれる宇治橋を中心として、交通の要所として早くから栄えてきた。宇治橋断碑によれば、その架設は大化二年（六四六）とされる。平安時代になると、貴族の別業が多く営まれ、宇治院の名は多くの資料に散見するが、その代表は藤原道長から子の頼道に伝えられた、後の平等院である。（中略）一方で宇治には、兄の大鷦鷯尊に帝位を譲り、ついには自死した菟道稚郎子の伝承が伝わり、これが落魄の皇子として八宮のイメージと通

底し、『源氏物語』宇治十帖の背景となった。宇治には、多くの歌枕が集中し、歌材的にも豊かな展開を見せているが、それは『源氏物語』の舞台となったこともかかわりがあろう。宇治川は、宇治を代表する風景として最も多く詠まれたものである。現存する平等院鳳凰堂の扉絵にも描かれているように、網代による氷魚漁が盛んに行われ、早くからこれらの景物とともに詠まれていた(3)。

として、ここに前述の二六四番歌や古今和歌六帖歌の、

宇治川の瀬々にありてふ網代木に多くのひをもわびさするかな

(『古今和歌六帖』第三「ひを」一五二四)

を網代木の例とともにあげる。また「交通の要所」である「宇治橋」の存在も宇治を考えるときには欠かせないことがわかる。ただし、時間軸を踏まえるとき橋が存在する段階とは、交通網としてはすでにある一定のレベルまで整備がなされていることが前提として推測できる。このため、その前段階に宇治が詠み込まれた歌として早い用例を探ると『古事記』応神記の、

ちはやぶる　宇治の渡りに　棹取りに　速けむ人し　我が仲間《もこ》に来む　（記五〇）
ちはや人　宇治の渡りに　渡り瀬に　立てる　梓弓檀《あづさゆみまゆみ》　い伐らむと　心は思へど　い取らむと　心は思へど　本方は　君を思ひ出　末方は　妹を思ひ出　苛《いらな》けく　其処に思ひ出　愛しけく　此処に思ひ出　い伐らずそ来る　梓弓檀　（記五一）

が該当する。応神記には天皇の下に三柱の皇子――大山守命・大雀命・宇遅能和紀郎子――が登場し、皇位継承を巡る兄弟のやり取りにおいて歌われた。右の古事記歌謡は「ちはやぶる」（主に「勢いある、荒々しい、強暴な」の意）が『万葉集』の多くに、

ちはやぶる神の社しなかりせば春日の野辺に粟蒔かましを　（『万葉集』巻3・四〇四）
ちはやぶる神の持たせる命をば誰がためにかも長く欲《ほ》りせむ　（『万葉集』巻11・二四一六）
～ちはやぶる　神を言向け　まつろはぬ　人をも和《やは》し　掃き清め～　（『万葉集』巻20・四四六五）

などと「神」を導く位置に「宇治の渡り」が示されていることに注目したい。(4)「宇治の渡り」とは「宇治川の渡り場に」という意味であろうが、ここに「棹取りに　速けむ人し」といった

「棹を操るのが素早い人」(『新編日本古典文学全集』)あるいは「船の棹取りに巧みな人」(辰巳正明監修『古事記歌謡注釈』)などと解され、宇治川を渡る手段に橋を利用するのではなく、船を用いて川を渡ることに主眼がある。この場合、川を渡ることは単に激しい流れに遭うということにとどまらず、その激しい流れに霊威・神の存在を見出すことが指摘されているが、同時にその激流を巧みに制御する立場にも霊威と同等の畏敬を読み取ってもよいのだろう。古事記歌謡五〇番に対しては現在の記紀歌謡の注釈書としては新しい『古事記歌謡注釈』の以下の解説を見ておきたい(5)。

この歌謡は、流れの速い宇治川の渡りを前に、向こう岸に行こうとする者が、上手な船頭がここに来てくれることを願う歌である。「宇治の渡り」に「千早振る」の枕詞が付いているのは、宇治川が急流であることによって、その川に霊威を感じて、恐ろしい川の神として崇めたのである。古代に奈良から山城へと抜けるには宇治川を渡らねばならず、旅人たちは常に宇治川の急流を恐れ、荒ぶる神の意の「千早振る」という枕詞を付して川の神を鎮めたのである。古代においては、宇治川を渡る旅人の中には急流に呑まれて命を失った者も少なからずいたはずである。このことは近江朝と思われる「宇治橋碑」に、「人馬亡命　従古至今　莫知杭《ママ》竿」(寧楽遺文)とあるように、人馬を呑み込むような困難を極める渡り瀬だったことが知られる。万葉集にも「宇治川は淀瀬無からし網代人舟呼ばふ声をちこちに聞ゆ」（七・一一三五）とあるのは、宇治川を渡る人たちの困難を歌ったものである。当時の歌謡も、そうした宇治川の渡り瀬に立つ旅人らが急流を前にして、船頭の名手が私の所に来てくれないのかと願う歌であろう。川波の立つ宇治川の渡り瀬で無事に通行できるようにと祈る人々によって歌われた、当地の川渡りにおける定番の歌謡であったと思われる。

とある。ここに「川の霊威」「川の神」が存在し、『万葉集』一一三五番歌には「淀瀬無からし」と緩やかな、流れの留まるようなところのないことが歌われた。ここに船頭は川の往来に対して、生かすも殺すも、その成否によって命を左右していたのである。なお、右の注釈にある「宇治橋碑」は今日「宇治橋断碑」として橋寺放生院に存在する。近年では仲谷健太郎の論考によって「上代の韻文としての表現性や、中国文学からの影響」が指摘されている(6)。これらの論に依りながら碑文の全文と私の訳をあげると以下の通りである。

**浼浼横流　其疾如箭　修**修征人　停騎成市　欲赴重深　人馬亡命　従古至今　莫知航葦
**世有釋子　名曰道登　出**自山尻　恵満之家　大化二年　丙午之歳　搆立此橋　濟度人畜

即因微善　爰發大願　結因此橋　成果彼岸　法界衆生　普同此願　夢裏空中　導其苦縁

（激しくあふれ流れる水は矢のように早い。往来する旅人はここに着いたら馬を止め、人々は集まってくる。無理に深い川の中へ立ち入ると人も馬も命を失い、古より今まで渡る方策を知らない。世に釈子あり、名を道登という、山城恵満一族の出身である。大化二年丙午の年に、この橋を建立し、人や獣を渡した。ささやかな行いではあるが、この橋を彼岸に結ぶことで因果の大願を成就したい。この世の生きとし生けるものよ、この大願に心を合わせよ。夢のようなはかない現実の中を、苦しみを超えて導かれるために）

このような命を左右する「川」の存在を往時の人々は交通の要として仏教の支えとともに物理的にも精神的にも受け入れ、受容していく必要があったのである。

## 三、荒都を懐古する地

宇治の地は、そこに滔々と流れる宇治川、川にかかる宇治橋、さらに周囲の宇治山と、かつて山城国と呼ばれた風土を象徴する山河が存在する。これは平安京遷都の詔が出た延暦十三（七九四）年十月二十八日『日本紀略』平安京遷都の直後、同年十一月八日に「山背国を改めて山城国と為すべし」という詔が出され、「山背」から「山城」へと改められた記事に「山河襟帯」と載ることにも照応する。そして、繰り返すが山城国を象徴する山河が宇治には存在したのである。

　此国山河襟帯。自然作レ城。因二斯形勝一。可レ制二新号一。宜下改二山背国一為中山城国上。

（『日本紀略』延暦十三年十一月八日条）

　ここに注目をしたいのが「自然と城を作す」である。城とは外部からの侵略に耐えうる構築物であり、その中心には主たる者が存在する場である。それは王であり、帝であり、さらには神とすることも可能であろう。もちろん、宇治の山河の形状を広大な自然の城に見立てた俯瞰的な視点による叙述であるが、「城」に見立てた上、名称を変えたことによって何が生じたのであろうか。ここにはその過程によって同時にその地にふさわしい〈カミ〉の存在が担保されたことを仮想することも可能であろう。名称を改めることでこれまでとは異なる新たな国の存立が約束されたのであろう。そして、この地が威厳ある地となっていったことは、決してその一時の思いつきの産物などではなく、この時以前に、たとえば、宇治に「みやこ」が為されたことを示す額田王の歌とも考えられる、

秋の野のみ草刈り葺き宿れりし宇治のみやこの仮盧し思ほふ　（『万葉集』巻1・七）

からも、脈々と連なる伝統の継承を読み取ることができる。

額田王歌の「宮」は今日では近江行幸の際の一時的な宮である行宮と理解されるが、(7) このような宇治の「みやこ」としての実績が後年、「山城国」という風土に威厳と品格を与えたといえよう。

そして、自然の景である山河一帯を「城」であるとしたのと相前後して、荒れ果てた都の後にこの宇治の地を通過しつつ景を詠んだ歌が、題詞に「近江国より上り来る時に、宇治河の辺に至りて作る歌」と記されている二六四番歌である。

ところで『万葉集』の人麻呂歌について斬新な解釈を示したひとりである上野理はこの二六四番歌についてたびたび言及している。たとえば、人麻呂の作品の中で制作年次の判明する最後の作品とされる「明日香皇女挽歌」において、モチーフのひとつ「明日香川」を視野に入れつつ、川の流れの用例に、二六四番歌をあげて以下のように述べる。(8)

川の流れは、「川上之歎」がそうであるように、不可逆なものとして時の流れにたとえられ、死者は川の流れのごとく留めるすべもなく遠ざかる、とうたわれていた。「もののふの八十宇治川の網代木にいさよふ波の行くへ知らずも」（3―二六四）がそうであり、『人麻呂歌集歌』の歌にも、そうした歌は多い。

上野は二六四番歌の結句「いさよふ波の行くへ知らずも」について、契沖が『万葉代匠記』において『論語』「川上之歎」、

子在川上曰。逝者如斯夫。不舍昼夜。（『論語』第九子罕篇十七）

をあげ、「此の心なり」というのに同意し、この趣向を作歌に取り入れたことを主張する。その上で、二六四番歌、二六六番歌に対して、

近江からの帰途に宇治河の辺で「いさよふ浪」を詠んだ「もののふの」の歌も、網代木によって停滞した浪が、そこを通り過ぎるとまたたく間に行くえ知れずになることをいって、死者が自分からどんどん遠ざかって行くことをうたうが、「もののふの八十うぢ河」は、壬申の乱の最後の攻防となった瀬田での戦いに、近江方が壊滅し多数の将兵が戦死したことを暗示していようし、「淡海の海」の歌も、近江の海の波打ちぎわに目をやって、

夕浪に追われながら鳴く千鳥に向って、近江の哀史を回想するが、この千鳥も、倭建命の死を悲しむ『大御葬歌』に、「浜つ千鳥　浜よは行かず　磯伝ふ」（記―三七）とうたわれた「浜つ千鳥」を連想させ、大宮人の亡魂とも見られる「千鳥」の声に悲しみを深めている、と見られ、二首とも、「雑歌」ではあっても、大宮人たちの死を脳裏に浮かべ、悲しんでいる歌、と考えることができる。(9)

と、単に川の流れの遅速をとらえるのではなく、網代木によって「停滞」をとらえ、近江荒都歌の反歌の二首目「楽浪の志賀の〈一に云ふ、「比良の」〉大わだ淀むとも」に対しても、

人麻呂は、典拠通りに、流水とともに遠ざかっていく死者をうたうことをしない。なぜか屈折を与えて、「ささなみの志賀の大わだ淀むとも」と、流れざる、停止した水に死者を対比させる。この「川上之歎」の反転ともいうべき屈折は、第二反歌の収束性からみて、長歌や第一反歌における作者の態度や方法を継承し、集約していよう。第一反歌は、変化しない、つまり停止している辛崎に、非在の大宮人の船を対比させているが、あるいは、こうしたことと関連をもつのかもしれない。

と、「停止」をみる。[10]「網代」に関しては『万葉集』にも、

宇治人の喩ひの網代我ならば今は王良ましこつみ来ずとも　（巻7・一一三七）

と、「宇治人というと誰もが引合に出すあの網代」というほど巷間に浸透していたことがうかがえるが、その道具としての機能を「停滞」としての道具立てとしたところには人麻呂の利発さがうかがえる。近時二六四番歌に対して坂本勝は、

「もののふの八十」が滅び去った多くの宮廷人（氏）を喚起するのは、荒都歌の「昔の人」（三一）と重なるからである。「昔の人」も、そして今の人も、流れ行く川波のように行方知られぬ存在でしかないという思いがこの歌には流れている。

と、近江荒都歌の関連を述べるが、[11]川の「停滞」への言及がないのが惜しまれる。そして、これらの主張に加えるならば、ここには川の流れに時の流れという栄枯盛衰を見出しつつ、それを詠じた作者じしんも時流の留まらぬ道行の中にいながら詠作したことを読み取りたい。

## 四、仮宮を懐古する地

さて、川の流れは後世の『方丈記』冒頭の「行く河の流れ〜」を示すまでもなく、無常の象徴として文学史上、あるいは和歌史上を席巻してきた。ただし、その流れの遅速を単純に描写するところに留まらせず、流れに反する状況を示す、「停滞」から加速を生み出した表現方法は特徴的である。この川は流れるといった前提を覆す表現からは何を読み取る必要があるのだろうか。また、特に二六四番歌における網代木は人工的に漁を行うための道具であり、宇治の景の象徴ともなり得た。この遮りの前後には生と死の境である二つの世界観さえ感じられなくもない。

一方、川の周囲に視座を向けるならば、そこにはこの流れるという動きを基本にする川に対して、両岸を渡す橋や、川と対照的に留まり動かない象徴ともいえる山がある。

たとえば、宇治の地について思いを馳せるとき、江戸の国学者今井似閑の採択による『山城国風土記逸文』には、

宇治と謂ふは、軽島の明の宮に御宇ひし天皇の子、宇治の若郎子、桐原の日桁の宮を造りたまひ以ちて宮室とせり。御名に因りて宇治と号く。本名は許乃国と曰ひき。

（『山城国風土記逸文』）

とある。「宇治」の命名は皇子の名によることを語るが、今はその信憑性はさておき、宇治の地には皇子の大宮が存在したという設定は、前述の近江荒都歌において、近江宮から道行してきた地としての宇治もまた、近江宮と同系の廃墟の地となりえたことを想像させる。これは『万葉集』においても、やはり額田王の歌とおぼしき、

秋の野のみ草刈り葺き宿れりし宇治のみやこの仮盧し思ほふ　（『万葉集』巻1・七）

にかかわりがないといえるのだろうか。

## 五、盛衰と憂し、宇治の中核

宇治に宮が存在したことは『山城国風土記逸文』にあり、仮宮については額田王の歌がある。特に額田王の歌はその地に仮宮が存在していた過去への懐旧であり、往時が盛況であればあるほど額田王の今との格差、時の移り変わりを感じずにはいられなくなる。つまり、表現上においての「川」の存在に象徴された無常という意識が示されなくても、基底を為しているところに

は滔々とした〈川の流れ〉というべき時の流れと、その懐旧が存在するのである。平安朝以降となると、この地が「憂し」とともに共存してくることは和歌史の通説であり、著名な歌枕が「土地の名に含まれた「ことば」に注目し、掛詞や縁語によって、一首全体の意味にかかわらせて用いている場合」(12)に同音から転じた語句と共存することは、すでに小倉山（小暗し）、嵐山（有らじ、嵐）などの例が藤原清輔による歌学書『和歌初学抄』からも理解される。無論、和歌を詠出するための知識としてこの宇治も宇治山・川から「憂し」への展開が成立している。だが、ここで改めて「憂し」の意を確認しておくと、

ウシは一般的に心情を表す言葉とみられているが、本来は状態を表す語で、ある人や事柄に対した際、それが自分の意向どおりに進まないことから陥る困惑や疲労の状態を客観的に示した言葉。さらに、出世や恋愛が思うように進まない際に生じる鬱屈とした感情も表すようになった。また、自分が優越した立場にいて、相手に憐憫の情を抱き、見ていて重く気にかかる状態にある場合、その気持ちが進んで相手を可愛いと思うに至るのもウシといった。（中略）世の中をウシ（思うようにならない）ととらえるのは、『万葉集』から既に見られ、中古以降の作品、特に和歌に多数の例があり、ウキヨ（憂き世）という言葉が定着した。

といった説明が確認できる。[13]「自分の意向どおりに進まない」状態とは、その前後に必ず思い通りの状態が経験あるいは想定から為されている。有体にいえば負の状態を支えているのは正の状態であり、どちらかひとつで絶対的に存在しうるものではないのである。これは変化に注目すれば山よりも川の理論といってもよいかもしれない。急流・激流に対しての淀み、穏やかな流れの思想ではなかろうか。山に対しては変化を見出すならば、それは周辺の雲であり、降り積もる雪といった附属のものが想起され、山そのものの変化は噴火噴煙といった特別な場面なのではないだろうか。これは、恋歌においても、

宇治川の瀬々のしき波しくしくに妹は心に乗りにけるかも　（『万葉集』巻11・二四二七）
宇治川の水沫さかまき行く水の事反らずぞ思ひそめてし　（『万葉集』巻11・二四三〇）
もののふの八十宇治川の速き瀬に立ち得ぬ恋も我はするかも　（『万葉集』巻11・二七一四）

その思いと激流・急流が照応するものの、その対置するところには恋心に惑わされることのない穏やかともいえる平常心がそもそも存在している。

## 六、おわりに

山城国宇治が「憂し」と緊密になったことを改めて考えるならば、一方で和歌を詠ずるための同音技巧としての知識が継承され、今日にまで存在したことは否めない。しかし、この地が『万葉集』二六四番歌等にみるようにかつて宮や行宮の地として、また山河襟帯の「城」を為す地として『日本紀略』に象徴される威厳を持っていた〈歴史〉からは栄枯衰退を象徴する地となり、栄えた時の幻とつねに背中合わせに存在してきた想像の地といえる。

また、時の流れを視覚的にかつ象徴的に示したのが川の存在であり、その流れという属性もまた、生死を決めるべく神の存在と見なされたとき、橋で此の地と彼の地を繫ぐことや、網代木によって流れを抑制することで二つの世界観の分岐となったこととあいまって、人々の負の状態や意識としての「憂し」が確立、創造されたといえよう。このとき、「身を宇治川」(『古今集』恋五・八二五)とする表現は〈歴史〉に即した歌いぶりであるが、「世を宇治山」(『古今集』雑下・九八三)は〈歴史〉から逸脱した詠みぶりであることが推測される。このことはまた別に論じたい。

## 注

（1）『古今和歌集』仮名序に「正三位柿本人麻呂なむ歌の聖なりける」とある。以下、『万葉集』の歌番号は国歌大観より、詞章は小島憲之他校注・訳『萬葉集』（新編日本古典文学全集6〜9、小学館、一九九四年〜一九九六年）による。その他の和歌は『新編国歌大観ＣＤ―ＲＯＭ版Ｖｅｒ．2』（角川書店、二〇〇三年）ただし、表記は一部私に改めたところがある。

（2）益田勝実「柿本人麻呂の抒情の構造―その一、反歌の特色―」（『日本文学』一九五七年二月）。

（3）久保田淳他編『歌ことば歌枕大辞典』「宇治」の項、田坂憲二担当（角川書店、一九九九年）。

（4）『万葉集』三二三六・三二四〇番歌にも「ちはやぶる宇治の渡り」の例があり、古事記歌謡の流れをくむ。

（5）辰巳正明監修『古事記歌謡注釈　歌謡の理論から読み解く古代歌謡の全貌』（新典社、二〇一四年）。

（6）仲谷健太郎「「宇治橋断碑」銘文攷―第一行を中心として」（『清泉女子大学言語教育研究』十一号、二〇一九年八月）・「同―第二・三行を中心に」（同十二号、二〇二〇年七月）。

（7）宇治の行宮とするのに対し、「文字通り宇治大王の皇居の存した故地」とするのが廣岡義隆「額田王の「宇治の都の借廬」詠について」（『人文論叢（三重大学人文学部文化学科研究紀要）』第二十号、二〇〇三年三月）である。

（8）上野理『人麻呂の作歌活動』（汲古書院、二〇〇〇年）三四五頁。

（9）上野理前掲書三六〇頁。

（10）上野理前掲書三六五‐三六六頁。

(11) 坂本勝「近江荒都歌・近江歌」橋本達雄編『柿本人麻呂《全》』(笠間書院、二〇〇〇年)。
(12) 片桐洋一編『歌枕を学ぶ人のために』「山城の歌枕」中周子担当(世界思想社、一九九四年)。
(13) 大野晋編『古典基礎語辞典』「憂し」の項・金子陽子担当(角川学芸出版、二〇一一年)。

平成二十八年度日本文学風土学会春季大会、平成二十八年六月十八日(土)於京都府宇治市　平等院塔頭　浄土院広間における口頭発表をもとにした。

# 宇治と中世文学
## —— 景観をめぐって ——

石黒吉次郎

### 一　平安文学における宇治のイメージの成立

宇治については、記紀に応神天皇の皇子宇遅能和紀郎子《うぢのわきいらつこ》（菟道稚郎子）が異母兄の大山守命と争い、これを宇治川に落として殺した話があり、その時に兄弟が歌った宇治の渡の歌謡も見える。そして宇治に対する景観のイメージが定着化してゆくのは、平安時代の文学においてである。その背景には、宇治が奈良へ行く道筋に当たること、藤原摂関家と関わりの深い地となっていったこと等があるであろう。この平安時代的な宇治観は、中世の文学に継承されてゆくものであるが、まず宇治の歌枕をまとめる。片桐洋一氏の『歌枕歌ことば辞典・増訂版』（笠間書院、平成十一年）の宇治の項には、概説的な説明があり、さらに別項目として「たちばなのをじま（橘小島）」をあげる。網羅的なものは吉原栄徳氏の『和歌の歌枕地名大辞典』（おうふう、平成二十年）で、これから宇治市に関するものを拾うと、

県の宮、阿後尼の原、朝日（の）嶽・山、朝日山の神、宇治、宇治（川）の網代（木）、宇治川、宇治の川舟、宇治の川長、宇治の里、宇治の里人、宇治の柴舟、宇治の滝つ瀬、宇治の玉姫、宇治の殿、宇治（の）橋、宇治の橋姫、宇治の橋守、宇治の花園、宇治の都、宇治の山里、宇治の若郎《わきいらつこ》の宮所、宇治の渡り、宇治の小川、宇治人、宇治山、巨椋の里、巨椋の森、笠取山、杏人《からひと》の浜、京極の家、栗駒、栗駒山、小島（橘の）、浄妙寺、橘の小島、橘の小島の隈、橘の小島の崎、橘の小島の関、橋姫、平等院、布計《ふけの》里人、真木の島、真木の島人、真木の島舟、真木の外山、真木の淵、槇の尾山、八十宇治川、八十宇治人、八十宇治山、岡の屋

となる。これらには宇治の地名、山川・景色、伝説・伝説地、建造物、風物、土地の人々の種類がある。「網代」は宇治の景物として文学作品によく見え、ほかに景物として鵜飼がある（『蜻蛉日記』等）が、宇治の鵜飼は文学にあまり現われない。

橋は異界と人間界をつなぐもの等々の論がなされてきた。宇治橋は謡曲「船橋」（古作の能。

世阿弥改作）の場合と同様、和歌の世界では男女を取り持つ橋としてのイメージがあった。『古今集』「わすらるゝ身をうぢ橋の中たえて人もかよはぬ年ぞへにける」（八二五）や『後撰集』「男の、たゞなりける折には常にまで来けるが、物言ひて後は、門より渡りけれど、まで来ざりければ／絶えたりし昔だに見し宇治橋を今は渡ると音にのみ聞く」（一〇〇五）の例があり、これが『源氏物語』宇治十帖の、薫・匂宮の宇治通いにもつらなる。浮舟巻では、

薫―宇治橋の長きちぎりは朽ちせじをあやぶむかたに心さはぐな
浮舟―絶え間のみ世にはあやふき宇治橋を朽ちせぬものと猶たのめとや

と宇治橋をめぐる和歌の贈答がある。一方では『源氏物語』には宇治に対して否定的なイメージもあった。橋姫巻に「網代のけはひ近く、耳かしがましき川のわたりにて、…あとたえて心すむとはなけれども世をうぢ山に宿をこそかれ」とあり、蜻蛉巻で浮舟の失踪を記した後、

侍従などこそ…川の方を見やりつゝ、響きのゝしる水のをとを聞くにも、うとましくかなしと思ひつゝ、…さはこのいと荒ましと思ふ川に流れうせ給にけると思ふに、…（注・薫は）いみじううき水の契りかなと、この川のうとましうおぼさるゝこといと深し。

とあり、手習巻には「身を投げし涙の河のはやき瀬をしがらみかけて誰かとゞめし」という浮舟の歌が記される。宇治川は流れの速い耳にうるさい川で、人を飲み込むうとましいものでもあった。喜撰法師の「我庵は都のたつみしかぞすむ世をうぢ山と人はいふ也」（古今集・雑下、百人一首）の否定的な山が川に転じたものである。さらに『無名草子』によると、「宇治の河浪」という物語が作られたという。現在散逸している。

こうして宇治のイメージは『源氏物語』宇治十帖によって構築され、これが中世へともたらされた。紫式部が宇治の風土の美しさについて語ることはあまりない。

ここで宇治十帖における宇治の景観をまとめておこう。

橋姫…網代、宇治山、槇の尾山、氷魚、柴船、橋姫、宇治の川長
椎本…宇治の川風、槇の尾山
総角…柴積む船、宇治橋、橋姫、網代
早蕨…氷魚、蕨、宇治川
（宿木・東屋にはなし）
浮舟…宇治橋、柴積み船、橘の小島、宇治川

蜻蛉…橋姫
手習…小島、宇治の院
夢浮橋…宇治の院

宇治は山里としてのイメージがまずあり（橋姫・宿木・東屋・浮舟の巻々に表わされる）、またこれらの語は　中世の源氏詞へとつらなるものである。
ここで平安時代の人々がどのように宇治の景観に接したか見てみよう。『蜻蛉日記』安和元年（九六八）九月の初瀬詣では、

午時ばかりに宇治の院にいたり着く。…川にむかへて、簾まきあげて見れば、網代どもさしわたしたり。行きかふ舟どもあまた、見ざりしことなれば、すべてあはれにをかし。

とあり、帰途でも、

宇治の川によるほど、霧は来しかた見えず立ちわたりて、いとおぼつかなし。…霧の下より、例の網代も見えたり。

とあって、さらに雉、氷魚、鯉、鱸のことが見えていて、名物の網代のほか、宇治の食物についての記述があり、ここに作者の宇治の風物への関心があった。網代については『万葉集』に、「もののふの八十宇治川の網代木にいさよふ波のゆくへ知らずも」（二六六）という柿本人麻呂の歌がある。『蜻蛉日記』にはより現実的な宇治観である。一方『更級日記』の永承元年（一〇四六）の初瀬詣での条では、

宇治の渡にいきつきぬ。そこにも、猶しもこなたざまにわたりする物ども立こみたれば、舟の楫とりたるをのこども、舟をまつ人の数もしらぬに心おごりしたるけしきにて、袖をかいまくりて、顔にあてて、さをにおしかゝりて、とみに舟もよせず、うそぶいて見まわし、いといみじうすみたるさま也。無期にえわたらで、つくぐ\と見るに、紫の物語に、宇治の宮のむすめどもの事あるを、いかなる所なれば、そこにしも住ませたるならむ、とゆかしく思し所ぞかし。げにおかしき所哉と思つゝ、からうじて渡て、殿（注・藤原頼通）の御領所の宇治殿を入りて見るにも、浮舟の女ぎみの、かゝる所にやありけむなど、まづ思いでらる。

とあり、現実的な宇治の状況のほかに、『源氏物語』宇治十帖の世界を通して宇治の景観を観ている。一種の文学散歩である。こうして平安文学を通して、宇治のイメージは固定化していったと思われる。院政期の物語『とりかへばや』では、男装して宮中に出仕していた女性の中納言（後に右大将）が、宰相中将（後に権中納言）に女であることを見破られ、契を結び、懐妊して宇治の隠れ家に籠もり、男子を出産するというプロットがある。宇治には「憂し」の否定的なイメージの伝統があり、宇治十帖・橋姫巻では、八の宮が宇治の山荘に引き籠もる。ここにはそうした身をひそめる場所としての宇治の意味がある。後深草院に仕えた女房二条の日記『とはずがたり』の巻四には、二条が伏見の離宮で後深草院と一夜対話した際、九体堂の勾欄から宇治川を眺めて、「世をうぢ河のかは波も、袖のみなとに寄る心地して」とあり、陰鬱な気分で院の出御を待っていたのであった。宇治の景物を愛でるのとは違った文学伝統である。

## 二　中世における宇治への新しい関心

中世において宇治は相変わらず京都から大和方面に向かう道の途中にある地で、『中務内侍日記』巻下の弘安十年（一二八七）十月の初瀬詣でに際して立ち寄ったことが見える。

宇治なる、をちといふ所を見れば、いづれ昔の跡ならんと、色〳〵の紅葉ども見えたるに、知る人あらまほしく覚ゆ。…槙の島といふ所、洲崎に鷺の居たる、大きなる水車に紅葉の色く、錦を掛け渡したらんやうなり。柴積む舟どもあり。…平等院を見れば、極楽の荘厳ゆかしく見るとかや聞こゆるも理に、…

「槙の島」「柴積む舟」「平等院」は先述のように和歌に詠みこまれる地名・景物等であった。とりどりの紅葉も美しく見えたという。また宇治の大きな水車への関心は、中世に多く見えるようになるものである。庶民的な世界である。『徒然草』五十一段に、

亀山殿の御池に、大井川の水をまかせられんとて、大井の土民におほせて、水車《みづぐるま》をつくらせられけり。…さて、宇治の里人を召して、こしらへさせられければ、やすらかに結ひて参らせたりけるが、…

とあって有名である。そしてこの水車のことは中世歌謡の重要な材料となる。『梁塵秘抄』の「をかしく舞ふものは　巫《かうなぎ》　小楢葉車の筒《どう》とかや　平等院なる水車　…」（三三一）、早歌の『拾菓集』「…世を宇治河の水車」（一一五）、『閑吟集』の「宇治の川瀬の水車なにと憂き世をめぐるらう」（六四）、『宗安小歌集』「宇治川瀬の水車、何とうき世をめぐるら

ん」（一一八）とあり、宇治の水車は憂き世をめぐる象徴のようにイメージされて流行した。『梁塵秘抄』の二七一番歌謡が宇治を歌う歌謡の先駆けである。

宇治には神おはす　中をば菩薩御前《おまへ》　橘小島の県主《あがたぬし》　七宝蓮華はをしつるぎ

『宗長手記』大永四年（一五二四）四月に、

此津より、宇治ばしまでさしのぼさするに、…京よりいざなはれくる人〳〵、船ばたをたゝきて、尺八・笛ふきならし、宇治の川瀬の水車何とうき世をめぐるなど、此比はやる小歌、興に乗じ侍り。

とある。船に乗って楽器を演奏し、当時流行した小歌を歌ったりして楽しんだというものである。宇治の水車は中世にはやった宇治の景物の一つであった。なお『宇治市史・2・中世の歴史と景観』（昭和四十九年）では、宇治の川瀬や宇治の水車など、中世に流行した宇治の景物が詳しくまとめられている。

こうして宇治の文学世界は中世において新たな魅力が加わっていった。日野名子の日記『竹むきが記』巻下には、康永四年（一三四五）頃春日社詣でをし、その際に宇治に立ち寄ったことが見える。

宇治の泊りは保光知れる所とかや、いといたく経営し騒ぎたり。明けぬれば舟にてさし渡り、川風吹き冴えていとすさまじ。さすが時知る色とや、霞みこめたるなど、おかしう見ゆ。

柴舟の渡りも見えず霞こめて河音しづむ宇治の山もと

と記すが、この和歌には宇治十帖の世界がある。貞和三年（一三四七）の初瀬詣での帰途でも宇治に宿り、

宇治のわたりにいとあやしき事なんありとて、その夜は俄にしゆせん僧正が坊に泊る。…旧りにし世語に時を移しつゝ、朝日山の日影も遥かにさし昇りぬ。

とあるが、宇治川辺にある朝日山も中世好まれた景観であった。世阿弥作の謡曲「頼政」の前場、宇治の里の老人（前シテ）が旅の僧（ワキ）に名所を案内するが、その中に、

ワキ「またあれに一群の里の見えて候ふは槙の島候ふか　シテ「さん候槙の島とも申し　また宇治の川島とも申すなり　ワキ（節）「これに見えたる小島が崎は　シテ「名にたちばなの小島が崎　ワキ（節）「向かひに見えたる寺は　いかさま恵心の僧都の　御法を説きし寺候ふな（注・朝日山山麓の恵心院）　シテ（節）「のうのう旅人　あれ御覧ぜよ名にも似ず　月こそ出づれ朝日山　地「月こそ出づれ朝日山　山吹の瀬に影見えて　ゆきさし下す柴小舟　山も川も朧おぼろとして　是非を分かぬ気色かな　げにや名にし負ふ都に近き宇治の里　聞きしに勝る名所かな　聞きしに勝る名所かな

とあって、定番である槙の島、橘の小島に交じって朝日山が見える。この詞章には作者の宇治での体験があるように思われる。なお宇治十帖に取材した謡曲「浮舟」（横尾元久作詞・世阿弥作曲）では、初瀬に向かう僧（ワキ）が柴積み舟に乗った里の女（前シテ）に会うが、その謡の中では橘の小島が崎がテーマとなっている。宇治十帖の浮舟巻で、匂宮が浮舟を橘の小島へ連れ出す場面が重要視されたのであろう。

ほかに朝日山の例としては、『宗長手記』大永四年（一五二四）四月に、

其夜は、白川別所辻坊一宿、…一折の望ありしかど、急ぐにより発句、
　時鳥月やあり明朝日山

とあり、『菟道旧記』の翁猿楽の詞章（十四世紀）に、

此殿は　此殿は　宜も富けり　富草の　八握穂実熟秋津州の　国も治まる朝日山　…

ともある。朝日山は宇治橋から東の方向にあり、そこから太陽や月が上るので、中世めでたい祝言的な山とされたのであろう。藤原宗忠の日記『中右記』等には、十二世紀宇治の槇島の住人による宇治離宮祭のことが記されているが、その祭礼と深い関係があったと思われる宇治猿楽について、古くは能勢朝次の『能楽源流考』（岩波書店、昭和十三年）で研究され、近くは先の『宇治市史・2』にも詳しい。田楽本座は宇治白河の座とする説があり（森末義彰『中世の社寺と藝術』〈畝傍書房、昭和十六年〉、林屋辰三郎『中世藝能史の研究—古代からの継承と創造—』〈岩波書店、昭和三十五年〉等）、この詞章には、このことも留意しなければならない。

また宇治は逍遥の地でもあった。『今鏡』巻四・藤波の上・宇治の川瀬に、

はじめは宇治の川瀬波静かにて、白河の水へだてなくおはしましかば、（注・藤原忠実が）富家殿造り給ひて、院（注・白河院）渡らせ給ひけるに、宇治川に遊女《あそび》の船、歌うたひて波に浮びなどして、いとおもしろく遊ばせ給ひける。…

后の宮（注・忠実娘泰子、鳥羽院后）のはじめつ方も、（注・鳥羽院の）宇治の御幸ありて、皇后宮ひき続きて入らせ給ひし、うるはしき行啓のやうには侍らで、みな狩衣に風流などして、女房の車いろいろに、紅葉のにほひ出だして、雑仕なども、みな車に乗りてなむ侍りし。

とあって、白河院と関白忠実の仲が良好だった頃の院の宇治御幸と、鳥羽院の高陽院《かやのいん》（泰子）を伴った宇治御幸があった、前者では宇治川の船に乗って歌を歌う遊女の様が知られ、後者では風流な行列を組んでの道中を楽しむものであった。宇治は摂関家に関わりの深い地であったが、院政期にこうした皇族の宇治逍遥が見られるのである。『増鏡』第五・内野の雪にも、

宝治の頃、神無月廿日あまりなりしにや、紅葉御覧じに、宇治に御幸し給。…たち花の小島に御船さしとめて、…真木の山風あらましきに、…平等院に中一日わたらせ給て、…

とあり、後嵯峨院が宝治の頃に（宝治二年＝一二四八年のこと）宇治に紅葉見物に出かけたことが記される。橘の小島に船を停めて上陸し、槙の山風の中、平等院へと進んだ。「たち花の小島」「真木」は先述のように和歌に詠まれる地名であった。こうした宇治の風景を愛でる逍遥は、平等院が建てられた平安時代後期あたりからの伝統であろう。『明徳記』にも足利義満の宇治見物が見えるが、『宗長手記』大永六年八月にも、

十三日のあさ、あかし過て、伏見よりむかへ舟、はしにさしよせ、又舟あり。東雲軒送りにとて、種々とりつませ、茶の湯などの用意、とりぐおもしろくぞありし。槙の島の水のよどみにさしよせ、終日逍遥。

とあって、宇治川辺を終日逍遥したことが見える。

公家の漢文日記においても、近衛道嗣『愚管記』応安二年（一三六九）二月に、

二十五日…今日木幡観音寺に向ふ、其の次でに平等院を巡見す…先づ浄妙寺に至る…申斛宇治橋に至り（殿上人以下下馬）、平等院に至る…釣殿に於いて暫く眺望、山水尤も奇絶也

　二十六日…此の所に於いて乗船すべきの由、存ずるの処、橋の下流より乗船宜しかるべきの由人々之を申す、仍て下船、釣臺に於いて之を見る、尤も其の興有り…隆寿僧正出来…入興即ち彼の坊に向ふ、水石誠に其の興有り、然るに水車尤も風流也…柴船下るの由、之を申す、仍て橋上に於いて之を見るに興有り、其後乗船、二艘相並ぶ　（原漢文）

とあり、木幡観音寺から平等院に立ち寄ることにして、浄妙院、宇治橋を通り、平等院の釣殿から山水の眺望に感心した。翌日は船に乗って川を下り、景色を楽しんだが、水車や柴舟に感興を催した。庶民的な風物への関心である。当時の貴族の趣味の一端がうかがわれる。

　このほか宇治に関しては興味深い記事もある。後鳥羽院が宇治川で水泳をしていた。『明月記』元久元年（一二〇四）七月十四日に、

　参院、水練の為に川上に御す（去十日又此の如し）、諸人裸形、平等院前庭に渡る　（原漢文）

とあって、院が供の者とともに裸となって、平等院の前庭まで泳いでいったというものである。

## 三　連歌と宇治

平安時代の和歌、あるいは『源氏物語』宇治十帖における宇治の景観・景物は、和歌の一種であり中世に流行した連歌に受け継がれていった。それを寄合集から見てゆく。二条良基の『光源氏一部連歌寄合』（古典文庫『良基連歌論集』所収）では、宇治に関しては、第七浮舟に小島が崎をあげるのみである。これは謡曲「浮舟」前場でも小島が崎が取り上げられていることと共通する。これらは先に述べたように、『源氏物語』浮舟巻で、匂宮が浮舟を小島が崎に連れ出す場面を意識したものであろう。次に一条兼良『連珠合璧集』から拾う。宇治に関するもののみあげる。

（一一四）すさきトアラバ、…　宇治河
（一八六）東屋トアラバ、…　宇治（源）　やどりをさして（同）　ひだのたくみ（同）　車（同）　よもぎのまろね（同）
（三七四）鵜川トアラバ、…　宇治川　…
（四二四）犬トアラバ、…　宇治のさと（源）　…
（四六九）氷魚トアラバ、…　宇治川　…

（四八八）八十氏人トアラバ、… 宇治川 …
（五〇九）老人トアラバ、宇治 … よひまどひ〈夕まどひの事也〉…
（五六〇）柴取トアラバ、… 舟 宇治 …
（五七九）うばそくトアラバ、… 宇治 … 琵琶
（六三七）中宿トアラバ、… 宇治 …
（六八一）布トアラバ、… 宇治 …
（六九八）車船トアラバ、… 宇治の網代 …
（七〇〇）あけのそほ舟トアラバ、… 宇治 …
（七二一）水車トアラバ、… 宇治の網代
（七七五）琵琶トアラバ、… 宇治 たちきく
（七七六）琵琶撥トアラバ、宇治 橋姫 月をまねく（以上源）…
（八一五）木玉トアラバ、きつね（源）鬼（同）宇治（同）手習

宇治にかかわる寄合は、『源氏物語』宇治十帖によるものが多く、それはまず「源」として示されている。すさきトアラバの「宇治河」、老人トアラバの「宇治」「よひまどひ」、うばそくトアラバの「宇治」「琵琶」、中宿トアラバの「宇治」、琵琶トアラバの「宇治」「たちきく」、

木玉トアラバの「手習」も実は宇治十帖による寄合である。氷魚や柴舟は『源氏物語』以外にも見える宇治の風物である。平安時代、毎年九月から十二月まで、山城国宇治と近江国田上から、氷魚が朝廷に奉ることが定められていた（『西宮記』等）。宇治の鵜飼もよく知られたもので、今日にもその伝統がある。布トアラバ「宇治」というのは、後述のように布が宇治で生産されたためで、これは雅語よりも俗語に近い。連歌が和歌と俳諧の間にあるものであることを証している。雅から俗への傾斜である。俗なるものもまた風流と解されてゆくのである。

次に京都大学文学部国語学国文学研究室蔵『連歌付合の事』では、

（六五）宇治ニハ　川霧　柴舟　うき舟　水車　我庵　橋　真木の島　朝日山　都のたつみ　こはた　中宿　難波

とあって、宇治十帖のほか喜撰法師の宇治の和歌があり、例の朝日山もある。難波は宇治が宇治川を通して難波に通じるという意味があるのであろう。御伽草子「橋姫物語」では、難波に住む中将の女房の一人は、宇治の橋姫といった。さらに宗碩作という連歌学書『藻塩草』で、宇治に関する主なものをあげる。

巻四・宇治山…山しろもみち秋の花そのうつの山共又うち山とも
あさ日山…山しろ或云あふみあきらけき御代のはしめあかねさす日かけ草とよのあかりのかさし天照神ひかりさしそふうちの河きりこれ二は山しろ
巻五・宇治川…山しろものゝふのやそうち河岩あしろ船すかも恋ひを霧千はやふるうち共云り柴船舟よはふ鵜飼舟橋守橋姫春のみなと月もみち橋柱河長いろくつ玉かしは氷玉も木の葉いさよふ五月雨みをいさよふ波舟にかちをとせす
宇治渡…山城あしろにはしつむみくつぬのさらす卯花
宇治橋…山城橋姫橋守こひ月五月雨霧あしろ中たえて共よめりこなたかなたに人もかよはす
巻六・宇治里…山しろさむしろ霜衣うつ月
巻十四・橋姫…同上万の物にはその物をまもる神ありいはゆる鬼也是ははしを守神也又神をひめもりと云事常の儀又云宇治の橋ひめとは姫大神とて宇治の橋下におはする神を申にや
巻十五・うち人…神社ならても
やそうち人…八雲御説にはたゝの人也うちにはあらすと云云
橋守…うちの橋守年をへてなと云

巻十六・網代…冬也しかれ共九月九日のまへに打そめて宇治のあしろ人供御に奉にや又あしろはうちにかきらす田上にもよめる歟
あしろ人…あしろ人とはうちのあしろ守人のみにあらすうちにあしろと云所ありそこをすみかにして網代をつかさとる者也と云々

この寄合には比較的標準的な宇治観見られ、古典文学の中からポイントとなるものを取っているように思われる。それに比べて一条兼良の『連珠合璧集』の『源氏物語』への傾倒は、時代の好みもあるのであろうが、著しいものがある。

## 四　軍記物語・説話文学と宇治

中世文学を代表する軍記・説話の宇治は、平安時代を中心とした古典文学の宇治とはまた異なる様相がある。宇治川は京都の南にあって、都とその南側の地を分け隔てる大きな川であったため、両岸をはさんでの合戦が行われた。武田信玄・上杉謙信の川中島の戦い等、河川は合戦と深い関わりを持ってきた。その様はよく軍記物語には記された。『平家物語』では、治承四年（一一八〇）以仁王・源頼政の反平家軍とこれを追撃する平家軍との間で、宇治橋をはさんで橋合戦が行われた。これは謡曲「頼政」を生むもととなった。また寿永三年（一一八四）

木曾義仲追討のために源頼朝に派遣された関東軍が京都に向けて進軍し、宇治川に至った。ここでは佐々木四郎高綱と梶原源太景季との間で有名な先陣争いが行われた。覚一本『平家物語』巻九・宇治川先陣では、

比は睦月廿日あまりの事なれば、比良のたかね・志賀の山、むかしながらの雪も消え、谷々の氷うちとけて、水はをりふしまさりたり。白浪《はくらう》おびたゝしうみなぎりおち、灘《せ》まくらおほきに滝なツて、さかまく水もはやかりけり。

とあって、急流としての宇治川が強調されるばかりで、文学伝統に基づく景観描写のゆとりはなく、合戦の緊迫した雰囲気を構築するばかりである。承久の乱を扱った軍記物語『承久記』巻下（慈光本）や『増鏡』第二・新島守では、後鳥羽院が鎌倉軍を迎えて、宇治・瀬田両所の橋を取り壊して、軍場と定めたとある。また宇治川の合戦は日蓮の十月二十二日付富木入道殿御返事にも見える（承久合戦之間事）。こうした合戦譚は御伽草子の異類合戦物「墨染桜」等のフィクションに継承される。『太平記』巻十四・諸国の朝敵蜂起の事には、

さる程に、（注・建武三年＝一三三六年）正月七日、新田義貞、内裏より退出して、軍勢

の手分けあつて、方々へさし向けらる。…宇治へ、また楠木正成に、大和・河内・和泉・紀伊国の勢五千余騎を指し添へて、向けられたり。橋板四、五間引き落し、河中に大石を畳み挙げ、逆木を茂くゆり立て、東の岸を屛風の如く切り立つたれば、流れ二つに分れて、白浪漲り落つる事、あたかも竜門三級の嶮しきに異ならず。敵に陣を取らせじとて、橘の小嶋・槙の島・平等院の辺りを、一宇も残さず焼き払ひける程に、折節魔風大廈に吹き懸けて、宇治の平等院の仏閣・宝蔵、ことごとく焼けにける事こそあさましけれ。

と衝撃的なことを伝えている。戦国時代を思わせるような出来事であった。なお元亀四年（一五七三）七月室町幕府第十五代将軍足利義昭は、宇治槙島城で挙兵し、織田信長打倒をはかって失敗し、室町幕府は滅亡した。

説話文学に現われる宇治は、優雅さとは異なる別のイメージを形成する。『宇治拾遺物語』序には、宇治大納言源高国が、平等院一切経蔵の南の山際にあった南泉房に居て、人々を集めて昔物語をさせて書き記していたという有名なくだりがある。そのほか『今昔物語集』巻二十八・四十話に、宇治の北に成らぬという柿の木があって、大和から馬で瓜を運んできた下衆共がその木陰で休息した話が見える。奈良と京都の街道筋の宇治としてふさわしい情景である。『古今著聞集』巻十二・四四一話には、真木島の十郎という強盗の張本人がいたことを記すが、これは京都市伏見区の槇島かとする説もある（日本古典文学大系）。『徒然草』八十七段には、宇治に住む男が、京都にいるこじうとの遁世者のもとに迎えの馬を遣わした。遁世者はこの使いの下部《しもべ》にかなりの酒を飲ませてしまったため、下部は宇治に行く途中で酔って太刀をふりまわし出した。「山だちあり」といって暴れまわったというから、京都・奈良間は荷物の往来も多く、街道筋には山だち（山賊）が出没したものと思われる。

宇治については『古今集』恋の部の歌「さむしろに衣かたしきこよひもや我を待つらん宇治の橋姫」以来の橋姫伝説が著名である。橋姫は橋を守る女神であるが、能面の橋姫は嫉妬のあまりに怨霊となった女の面で、番外曲「鬼橋姫」（「橋姫」などとも）に由来し、能「鉄輪《かなわ》」の後シテに使用する。「鉄輪」は夫に捨てられた妻が鬼となって夫を責める能である。別曲「橋姫」は橋姫明神が出現する神能タイプのものである。「鬼橋姫」は諸国一見の僧（ワキ）が貴船にやって来ると、里の女（前シテ）が現われ、自分は宇治の里人で、毎夜貴船にやって来ること、貴船明神と宇治の橋姫明神は御一体であることを語り、「さむしろに衣かたしき」の和歌を引き、自分が男を待っていた橋姫であると告げて姿を消す（中入）。鬼となった宇治の橋姫（後シテ）が現われ、恨みを述べて姿を消すというもので、「鉄輪」と構想が似る（古典文庫『未刊謡曲集二十一』所収）。宇治橋は京都の一条戻橋と同様、鬼の住む異界に通じる橋でもあった。『元亨釈書』巻二十九・拾異志に、大安寺の側に商賈有り。名は磐島。…山州宇治橋に至る。島問。公等何くにか往くと。答へて曰く閻王使して汝を召す者也と。将に島を捉へんとす。一鬼の使曰く。取るべからざる也。是寺銭交易の商使也と。乃ち語りて曰く。我飢うること甚し。汝湌有かと。島曰く。糗《キウ》有り、之を与へんと。鬼食し畢りて曰く。汝定めて応に死すべし。…（原漢文）

とあって、磐島なる奈良の商人は、宇治橋で閻魔の使者たる鬼に遭遇したのであった。

これとは別に、宇治川では網代が禁止され、魚供養が行われたこともあった。『玉葉和歌集』に、

宇治にまかりて河のうをのためとて八講おこなひ経供養しなどし侍りて
法成寺入道前摂政太政大臣（注・藤原道長）
宇治川の底にしづめるいろくづをあみならねどもすくひつるかな　（二七一二）

とあり、宇治の魚供養で法華八講が行われたことが知られる。宇治川の魚は京都の人々に多く消費されたのであろう。『中右記』によると、永久二年（一一一四）九月に網代の停止があった。

そして弘安四年（一二八一）西大寺僧叡尊による平等院での放生会があり、漁網等の破却があった。この叡尊の活動は、『醍醐寺報恩院文書』（鎌倉遺文古文書編第二十巻所収）、総本山醍醐寺編『枝葉抄（影印・翻刻・註解）』（勉誠出版）に見える。さらに近世の地誌『雍州府志』山川門・久世郡・槙木ノ島の項にも、興正菩薩叡尊が網代による漁業を廃し、宇治川の水で布をさらす仕事を土人に教えたとある。弘安七年正月には、亀山天皇による網代の停止《ちょうじ》、宇治川一帯の殺生禁断令が発せられた。宇治橋の近くにある放生院常光寺は、宇治橋を守る意味から橋寺の名があるが、弘安九年叡尊が宇治橋を架け替え、放生会を行った際、放生院と称したと寺伝にある。また鎌倉時代における宇治川の漁業禁止についても『宇治市史・2』に詳しい。

## 五　庶民的な宇治の景物

優雅で風流な文学的宇治のイメージのほかに、より庶民的世俗的な景物の伝統もある。先に『蜻蛉日記』に、氷魚のほか雉・鯉・鱸のことが見えていた。西行の『山家集』に、

宇治川を下りける舟の、金突と申物をもて、鯉の下るを突きけるを見て

宇治川の早瀬落ち舞ふ漁舟《れうぶね》のかづきに違《ちが》ふ鯉のむらまけ　（一三九一）

と、宇治川で鯉を取る歌がある。『とはずがたり』巻二に、包丁を家業とする四条家出身の隆へん僧正に対し、後深草院が鯉を切ることを要求して、「宇治の僧正の例あり」と言っているのも、宇治の鯉と関係があるのであろうか。

鯉以外で見えるのは、宇治の布、晒しである。『古今著聞集』巻十二・四四一話に、徳大寺大納言実基に仕える小殿平六が主命によって、宇治布十段を求めに行ったとあり、『夫木和歌抄』には、

題不知
槙のしまさらしかけたる手作に見えまかふまでさぎぞむれゐる　素覚法師
（一〇五四二）

久安五年（注・一一四九）七月山路歌合、月
くまもなき月のひかりをひるかとて布やさらせる槙の島人　藤原宣兼
（一〇五四三）

とある。狂言歌謡「宇治の瀑《さらし》」には、

宇治の瀑に島に洲崎に立つ波を付けて。浜千鳥の友呼ぶ声は。ちりくやちりく。ち

いりちりやちりくと友呼ぶ所に。島。陰よりも艪の音が。からりころりろくと漕ぎ出いて釣する所に。釣つた所がはあ面白との。

とある。『夫木和歌抄』の和歌は庶民の労働を風景として詠んだものだが、この狂言歌謡では宇治川の晒しが庶民にも馴染みのものであったことを示している。こうした伝統を受けて、宇治の槙の里人が布を晒す情景を歌った地歌・箏曲の「晒」がある。

次に宇治茶がある。これも宇治の名物として庶民文学に取り上げられるようになった。『田植草紙』に、

宇治や栂野栂尾の　茶園をみればな　新葉がたちて　いまよひさかり　…　（一〇）

と歌われている。先にあげた御伽草子「墨染桜」は、吉野で八重桜と薄が恋に落ち、これを知った八重桜の前の恋人梅の薫大将が怒り、草勢と木勢との間で合戦になるというストーリーである。以下、承応刊本による。

▲うぢちやかつせん　かくせしほどに、みやこちかき、うぢのさとにも、此ことかくれ

なかりしかば、ちやゑんどもは、さればこそと、ひしめいて、かんばやしのもとに、もりのごとく、あつまりて、…ちやせい、二せんぎばかりを、ぜんご、さうに、したがへて、はくうんの、かぜに、なびくがごとく、うぢさらしのしらはたを、まつさきに、すゝませて、まづ、びやうどういんに、ぢんをするゐ、ちやの木の、ゆんずへに、すがつて、みなやりを、月こそいづれ、あさひ山と、かゝやくばかりに、いでたつたるは、あつはれ、大しやうのいきおいやと、ちやどきをあげてぞ、ほめにける

ここには薫大将の悲恋という宇治十帖の影響や、合戦の場としての宇治という軍記物語の伝統がある。「うぢちや」「うぢさらし」が見えて、こうした風物も定型化するようである。「月こそいづれ、あさひ山」は謡曲「頼政」の一節で、この作品は古典に関心のある知識人の戯作のようであるが、室町後期、謡曲が公家等に浸透していった後のものであろう。「酒茶論《しゅちゃろん》」は酒と茶とどちらが徳・効用があるか、酒を好む者と茶を好む者とが争う論争物と、酒と茶自身が優劣を競って争い、それぞれ軍を催して戦う合戦物の二種がある。前者には、栂尾、宇治茶などが登場するが、ここでは後者から抜粋する。寛永頃の刊本である。

河水の、音ものどけき、御代の春、祝ひのちやつむ、宇治の山かげ…

宇治川の、蛍を窓の、燈に、陸羽がちやたね、まなびあかさん…
朝日山、をくの山迄、世に高き、名をもてらすは、また宇治茶哉…
平等院を、本陣にさだめ、ちやいろの、ふくさ、かぜになびかせ、いかにも、たぎつて、
まつたるは、たゝ、はんくわひ、らくあみも、これには、いかで、まさるべき…
さけがたのしゆまんぎ、うぢ川のはたまで、せめつき、ときのこゑを、どつとぞ、あげにけり

ここでも朝日山や宇治茶が狂歌に詠まれ、平等院に合戦の陣が置かれたとする。やがて宇治川をはさんで激戦となるが、そこへ魚鳥共が調停に乗り出すことになる。

そして宇治茶と云えば狂言「通円」がある。東国の僧が宇治橋にやって来て、茶の湯をたて、花を供えた茶屋を見つける。そして昔通円という茶屋坊主がおり、宇治橋供養の時、茶をたてすぎて死んだという話を聞く。僧の枕元に通円の幽霊が現われ、宇治橋供養の時に都から三百人巡礼者が来て、自分に茶を求めるので、自分も負けまいと茶をたてたが、ついに負けて最期をとげたと語る。能の修羅物のパロディーで、宇治でよく合戦が行われたことを背景としている。現在でも宇治橋の東詰に通円茶屋があるが、源頼政の家来だったという通円政久を先祖とする。関屋俊彦氏がこれについて論じている（狂言「通円」をめぐって—付、翻刻「通円家文書」—

『説話論集・第十五集』清文堂、平成十八年）。このほか「今神明」「栗隅《くりくま》神明」「簸屑《ひくず》」「鱸包丁」が宇治に関わる狂言である。いずれも宇治茶に関するものである。これも当時の茶の実態が判明して貴重な資料である。

宇治の名物としては、『七十一番職人歌合』の三十七番豆腐売に、

恋すれば苦しかりけり宇治豆腐まめ人の名をいかでとらまし

とあるので、宇治の豆腐もよく知られたものらしい。さらには、

故郷はかべのとだえに奈良豆腐白きは月のそむけざりけり

とあって、奈良の豆腐も有名で、奈良から京都へやってきた豆腐売りの女性の絵が載せられている。そして「恋すれば」の歌の「まめ人」は、『源氏物語』の夕霧の大将のことだという説を付している。

このほか宇治の名物としては、『雑事要録』巻二に、宇治の特産物の貢納の模様が記されている。

若菜、鏡餅、三毬打竹、蓬菖蒲、米、枝大豆、大角豆、茄子、根芋、宇治丸（鰻鮨）等…
　文明十一年（注・一四七九）の貢納
宇治森坊茶…文明十三年の貢納

室町時代になると、ますます宇治の産物の実態が明らかになる。

## 六　近世の宇治へ

こうした古代・中世の伝統を受けて、近世の文学では宇治がどう扱われるかも関心のあるところであるが、これは今回のテーマからそれるので、少々あげるにとどめる。まず先の『雍州府志』山川門の宇治郡である。

宇治郡
△宇治川　源出ㇾ自ㇾ近江国湖水ㇾ歴ㇾ勢多橋ㇾ経ㇾ鹿飛桜谷ㇾ過ㇾ米炊《コメカシ》ㇾ歴ㇾ宇治橋下ㇾ入ㇾ伏見ㇾ
△朝日山　在ㇾ宇治川東ㇾ
△槙ノ雄山　在ㇾ宇治離宮東山ㇾ倭歌詠ㇾ宇治槙尾ㇾ者多矣

△御室戸山　在二宇治東北一…

御室戸山については、『宇治拾遺物語』巻五・九話に、御室戸寺の僧正隆明（寺門派の僧）は太っていて修行ができず、夜昼本尊の前で鈴を鳴らして勤行していた話があり、また兼好法師と同時代の頓阿の歌学書『井蛙抄』に「御室戸の奥は喜撰の住家なり」ともある。

さらに近世の例をあげると、紀海音の時代物の浄瑠璃「赤染衛門栄華物語」（延宝八年＝一六八〇年初演か）に宇治が見える。赤染衛門は宇治の平等院に籠もって『栄華物語』を執筆する。若い僧大信がこれに恋するが、赤染衛門の恋人大江匡衡の計略によって宇治川で溺死させられる。大信は怨霊となる、等々のストーリーである。こうした近世の宇治の文学上の意味も興味深い。

以上この論は古代の宇治のイメージの伝統の上に、中世らしい新しい宇治観が加わる様を見てゆこうとしたものである。

**引用文献**（五十音順）
今鏡……講談社学術文庫（講談社）
菟道旧記……宇治市史〈2〉

御伽草子〈酒茶論・墨染桜〉……室町時代物語大成（角川書店）
蜻蛉日記……新日本古典文学大系（岩波書店）
狂言歌謡……日本古典文学大系『中世・近世歌謡集』（岩波書店）
玉葉和歌集……新編国歌大観（角川書店）
愚管記……続史料大成（臨川書店）
元亨釈書……新訂増補国史大系（吉川弘文館）
源氏物語……新日本古典文学大系（岩波書店）
更級日記……新日本古典文学大系（岩波書店）
山家集……岩波文庫『西行全歌集』（岩波書店）
七十一番職人歌合……新日本古典文学大系（岩波書店）
雑事要録……宇治市史〈2〉
宗長手記……岩波文庫『宗長日記』（岩波書店）
太平記……新編日本古典文学全集（小学館）
田植草紙……新日本古典文学大系（岩波書店）
竹むきが記……新日本古典文学大系『中世日記紀行集』（岩波書店）
徒然草……新編日本古典文学全集（小学館）
中務内侍日記……新日本古典文学大系『中世日記紀行集』（岩波書店）
夫木和歌抄……新編国歌大観（角川書店）
平家物語……新日本古典文学大系（岩波書店）

増鏡……日本古典文学大系（岩波書店）
明月記……国書刊行会本
藻塩草……大阪俳文学研究会編本（和泉書院）
謡曲〈頼政〉……新潮日本古典集成『謡曲集』（新潮社）
雍州府志……新修京都叢書（光彩社）
連歌付合の事……中世の文学『連歌論集・一』（三弥井書店）
連珠合璧集……中世の文学『連歌論集・一』（三弥井書店）
梁塵秘抄……新編日本古典文学全集（小学館）

# 隠逸の文藝史への序章
## ――『池亭記』から『妄想』まで ――

原　國人

## はじめに

本稿は、森鷗外の『妄想《もうぞう》』を慶滋保胤の『池亭記』また鴨長明の『方丈記』等の隠逸の文藝史の中に位置付けてみようと試みたものであるが、執筆の切っ掛けとなったのは、日本文学風土学会が、平成二十八年六月十八日に平等院塔頭浄土院で開催された頃、たまたま、森鷗外の『妄想』を読んでいて、「宇治」という地名もあって、隠棲とか隠逸とかいうことが気になり、慶滋保胤が視界に入ってきて、保胤関係の資料をあたっていたときに『本朝文粋』巻第十四・四三一の大江匡衡の次の作品に行き当たったことであった。

左相府為二寂心上人一、卌九修二諷誦一文　　江匡衡

敬白。請二諷誦一事。

三宝衆僧御布施信濃布百端。

右、故寂心上心者、於二弟子一受戒之師也。上人入滅之後、七々之忌、今朝已盈。三帰五戒、薫二戒香一而答レ恩、一字千金、思二金容一而謝レ徳。昔韋賢之事二大江公一、礼敬之跡苔老、今弟子之訪二寂心一、恋慕之涙蓮開。仍為レ餝二菩提一。所レ請如レ件。敬白

長保四年十二月九日　白衣弟子左大臣藤原朝臣敬白

「左相府・左大臣」が藤原道長。「寂心」が「慶滋保胤」の法名。道長自身が、浄土への関心、言い換えれば、死後の世界への関心を強く持っていたことは、藤原行成の『権記』寛弘二年九月十七日に、行成が道長に『往生要集』の浄書本を奉った事が記されていることからもうかがわれるのだが、

道長―宇治の別業―藤原頼道―平等院―浄土

と繋がり、そうだ、宇治とは、長谷寺への中継点でもある水路・陸路の交通の要衝であり、別

業地帯であり、別荘地帯がみせる別の顔、つまり遊興の地であったことを思い浮かばせてくれた。そして、嵯峨や大井川また嵐山の周辺の別荘が寺院に姿をかえていたことも思い浮び、『源氏物語』の八宮の姿もかすかに感じられてきた。と同時に『百人一首』の喜撰法師の、

我が庵は都の巽しかぞ住むよをうぢ山と人はいふなり

も今更のように迫ってきた。『古今和歌集』巻第十八・九八三番歌として採られているこの歌のポイントは「巽」であろう。確かに「東南」という意味を持つ語だが、あとの「しかぞ」を「鹿」をかけて読むのもいいが、やはり「然・爾」の意で、指示語の「し」に接尾語「か」が付き、さらに強調の「ぞ」がついた表現であって、その通り「しっかりと」の意だろう。「巽」という言葉の意味通りと言うことになる。とすれば「巽」の意味「謙って」とか「遠慮して小さくなって」の意。「世」に対してか、何らかの「権」に対してかは、この歌だけでは読みきれないが、「うぢ山」の「う」に「憂し」も響かせているとすれば、「世」にあるいはさまざまの「権」に対しての鬱屈がこめられていることになろうか

日本文学風土学会の当日は、天気もよく、京都に早く着いたので、宇治に向かう途中、黄檗で下車した。萬福寺の十六羅漢さんのいかにも異人風なお顔が好きで、ゼミ合宿等で京都や奈

良に逗留するたびに機会があれば訪れたものであった。その日も羅漢さんのお顔を眺め、唐風の門や「開梆《ぱん》」はたまた天王殿の布袋様にお目にかかろうと思ったのだが、『方丈記』の次の一節を思い出し、お寺の門前の道から西に真っ直ぐ宇治川に向かって、国道二四五号線をぶらぷらと十分くらい歩いて隠元橋の袂に出た。そこには「黄檗開山隠元禅師渡岸之地」の石碑とともに、「岡屋の津」の石碑があった。ああ、「岡のや」というのはこの辺りであったのかという思いがしたものであった。

もしあとの白波に身をよする朝《あした》には、岡のやに行きかふ船をながめて、満沙弥[*1]が風情をぬすみ、もし桂の風、葉をならす夕べには、潯陽の江をおもひやりて、源都督[*2]のながれをならふ。

＊1「満沙弥」世間乎　何物尓将譬　旦開　榜去師船之　跡無如（『万葉集』三五一番）

＊2「源都督」源経信　沖つ風吹きにけらしな住吉の松の下枝を洗ふ白波（『後拾遺集』一〇六三番）桂大納言とも。博学多才。和歌・漢詩・管弦の名手。

学会で、王朝人が願った極楽浄土を平等院に感じ、帰宅してから、改めてこの辺りのことを調べてみた。そうすると、先ず、『宇治市史年表』所載の次の地図が、いろいろの情報を提供

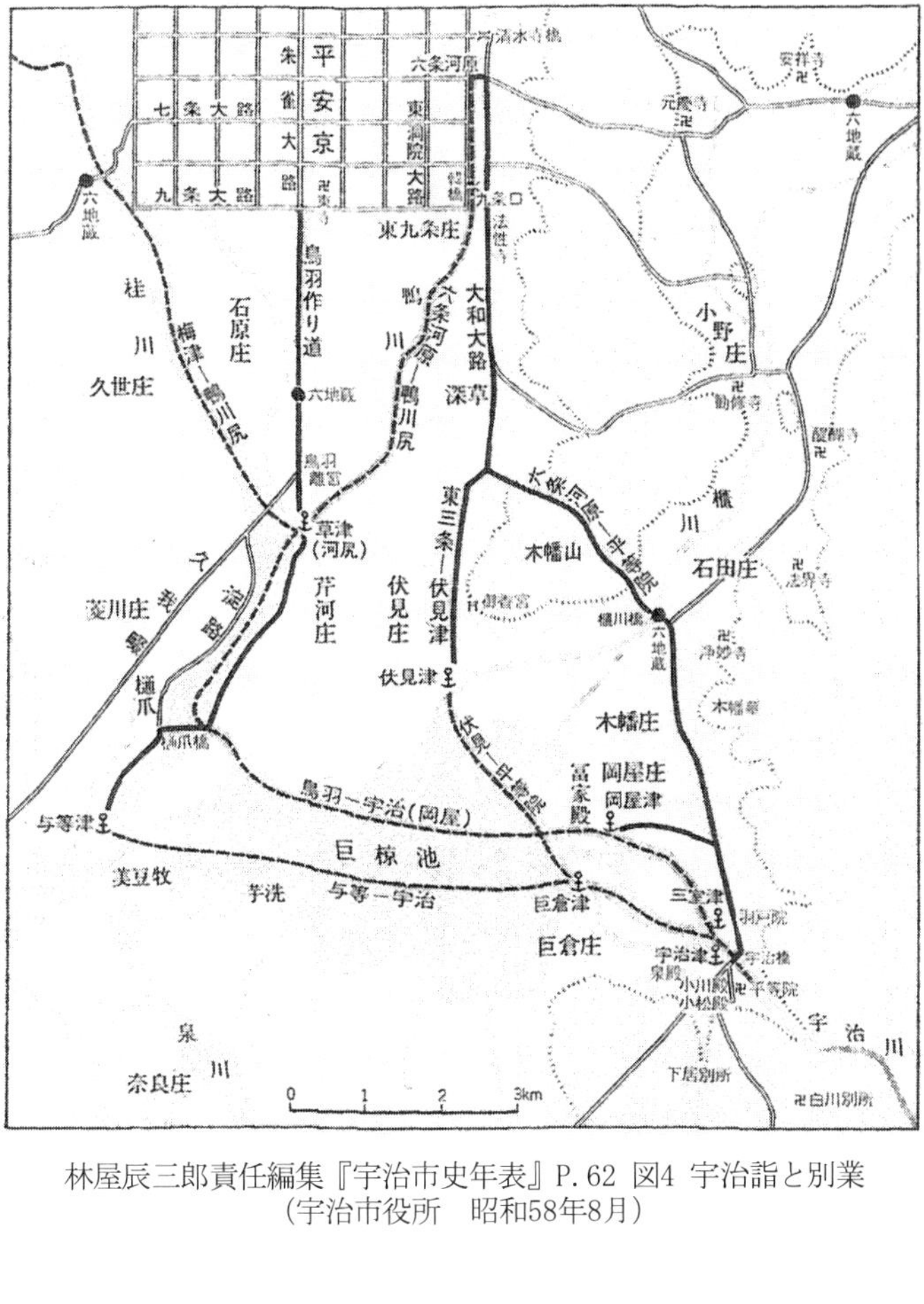


林屋辰三郎責任編集『宇治市史年表』P. 62 図4 宇治詣と別業
（宇治市役所　昭和58年8月）

してくれた。この図のキャプションには、

**宇治詣と別業**　嵯峨天皇が遊猟の帰途に明日香親王の宇治別業に入ったのは弘仁5年（814）のことであった。その子源融も宇治に別業を営んでいた。鵜飼・網代・紅葉見物、あるいは初瀬・春日・高野詣の折にも多くの貴族が宇治の立ち寄った。（中略）六地蔵の彼方の木幡墓へ赴くことも藤原氏の人々には大きな意味があった。道長は木幡に浄妙寺を建立し、頼道は道長が藤原師輔女から買いとった宇治別業を平等院とした。宇治はさらに多くの人を集めることとなった。（後略）

とある。そして、さらにこの附近の説明として簡略ながら、的を得ているものが、京都大学宇治キャンパスの「沿革」を述べた案内の中あったので、次に引いておく。

**京都大学宇治キャンパス沿革**

京都大学宇治キャンパスは、本部キャンパスから東南約一七㎞の宇治川右岸に位置する。この地は、古来巨椋池（昭和一六年干拓）と宇治川の結節点として、水陸交通の要衝であり、付近には多くの古墳や古社寺が点在する歴史的伝統のあるところである。宇治キャンパスに隣接する岡屋津は、昔、国の内外の船が集まる重要な港で、近くの黄檗山萬福寺の文化や建材もここから陸揚げされた。平安時代には、中央貴族の別業の地として栄え、また茶の産地としても有名である。地名の「五ヶ庄」は、近衛家の領地である「五箇庄」に由来する。

(uji.kyoto-u.ac.jp/campus/history.html　令和三（二〇二一）年五月五日現在)

巨椋池は、長い時間をかけ、次第に姿を変え、特に豊臣秀吉の伏見城築城や何度もの干拓事業を通し、京都大学の案内文にもあるように昭和十六年にはすっかりその姿を変えてしまい、『方丈記』に描かれた姿は、全く残っていない。

そのころ、森鷗外の歴史観について『かのやうに』や『空車』を中心に考え、また、鷗外の歴史小説とされる作品群を書き出す少し前の諸作を読み直していたところ、『妄想』が気になり始め、思い立って、千葉県いすみ市にある森鷗外の「鷗荘」の地を何回か訪ねその立地を確かめ、周辺の小高い土地のあちらこちらから視界に入っ

鷗荘への道

てくる夷隅川の残滓とその向こうに広がる太平洋を望んだ時『妄想』は森鷗外の『方丈記』なのだと思い付くのと同時に、この作品のタイトルが國井政信氏がふと洩されたように『鷗荘記』だとしても、例え『妄想』というネーミングが持つインパクトはないにしても、十分に成り立つ題号ではないかと言うことであった。そして、それと同時に、『方丈記』との関係が深いとされてきた慶滋保胤の『池亭記』との間にも直接的な関係があるのではないかと気付いた。と言うのは、『池亭記』『方丈記』などが持つ「記」というジャンルにこの『妄想』は分類可能なのではないかと考えられたからである。

　既に多くの論者によって慶慈保胤『池亭記』と『方丈記』の文藝史上の関係性は述べられてきた。本稿では、この流れを近代において受け止めた作品として、森鷗外の『妄想』を把えてみたいと考えている。作品の舞台は、都市・郊外、海浜等とそれぞれ異なるが、眼差しの赴く所の同一性と差異。点景としての船や水（池・川・湖沼）、海（太平洋）のありよう。あるいは弄玩物としての書籍やいくつかの品々の持つ意味。また登

夷隅川の残滓と太平洋（2019年撮影）

場人物の対比。さらには対社会への想い、ひいては「生き方あり方」の問題などを読み比べることによって、隠逸の想いを綴ってきた日本の文藝史の近代における一つの到達点として、鷗外の『妄想』をとらえることが可能になるのではないかと考えている。なお、文藝史と構えた時には西行や芭蕉の作品群を視野に入れなければならないのは言うまでもないが、今回は、筆者には荷が勝ちすぎるので省かせていただくことにする。

## 一、『池亭記』『方丈記』『妄想』の比較１ ──「記」の意味

「記」というスタイルについては、明の徐師曽撰『文体明弁』を初め、新日本古典文学大系『本朝文粋』「解説」の後藤昭雄氏のものなど諸説あるが、簡単に言うと、

「記」とは、ある事物についての実際をありのままに記したもの。本来は「堂記」「亭記」「遊記」「事記」などの類。建造物や地理・風土また事件の見聞したものを録したものでしたが、次第に叙事に収まらず、論・讃だけではなく思想をも加えるようになったもの。代表的な作品として、欧陽脩『酔翁亭記』、韓退之『燕喜亭記』、白楽天『草堂記』、磻范文『岳陽楼記』等があり、『本朝文粋』巻十二には都良香『富士山記』、菅贈大相国（菅原道真）『書斎記』、紀納言（紀長谷男）『亭子院賜飲記』、前中書王（兼明親王）『池亭記』、慶保

胤『池亭記』の五編が載り、『続本朝文粋』にもいくつか載せられている。

と言うことになろうか。そして、それらの作品の一つの特徴として各作品の末尾が、

菅贈大相国（菅原道真）『書斎記』末尾「癸丑歳七月日記レ之」
前中書王（兼明親王）『池亭記』末尾「己未之歳十二月二日記レ之」
慶保胤『池亭記』末尾「天元五載孟冬十月、家主保胤、自作自書」
白楽天『白氏文集』「香山寺白氏洛中集記」「末尾大唐開成五年十一月二日、中大夫・守太子少傳・馮翊縣開國侯・上柱國・賜紫金魚袋白居易楽天記」

等のようになっており、筆者自身が、その文章をある時点で作成したことを記していることがわかる。『方丈記』の末尾も、もちろん次のように記されている。

時に建暦の二とせ、弥生の晦日比、桑門蓮胤、外山の庵にしてこれをしるす。
「月かげは入る山の端もつらかりきたえぬひかりをみるよしもがな」。

鴨長明自筆ではないかとされる大福光寺所蔵本には、「」で示した最後の和歌はない。筆写した人物が、その感想を書き付けたものと考えられる。『方丈記』には、広本系と略本系があり、広本系は古本系と流布本系がある、本稿では流布本系の本文によって論をすすめる。というのは、森鷗外の時代に、もっともポピュラーな本文が、例えば、「國文大観　日記草子部」（板倉屋書房、明治三十六（一九〇三）年所収）の『方丈記』であり、この本文自体は、流布本系の本文と考えられるからである。

そこで鷗外の『妄想』であるが、末尾は次のようになっている。

> その翁の過去の記憶が、稀に長い鎖のやうに、刹那の間に何十年かの跡を見渡させることがある。さう云ふ時は翁の炯々たる目が大きくみはられて、遠い遠い海と空とに注がれてゐる。
>
> これはそんな時ふと書き捨てた反古である。

これまで挙げた「記」とされる作品群の末尾とは、その趣は少し違うが、書かれた状況と筆者が自分で書いていることだけはしっかりと書き留められているといえよう。

また、極めて大雑把なものになるが、『池亭記』『方丈記』『妄想』の三作品について比較してみると、第一表のようになり執筆の現在に始まり、中間部に過去の出来事が感想を含めて書かれ、最後に執筆の現在が書かれるという共通点を指摘することができる。

そこで先ず、『池亭記』『方丈記』『妄想』という三作品の形態等について簡単な比較を試みると第一表のようになる。

**第一表　『池亭記』『方丈記』『妄想』の形態**

| 『池亭記』 | 『方丈記』 | 『妄想』 |
|---|---|---|
| ①序（西京の荒廃現在から見る歴史） | ①序（無常の世の、人と住処のはかなさ（現在から見る歴史） | ①序（現在・別荘を構えたこと） |
| ②住民の東北部への移住（過去） | ②さまざまの厄災を経験した上での人と住処のはかなさ（過去回想） | ②ⅰ二十代のドイツ留学の事（過去回想）<br>②ⅱ留学から帰国へ（過去回想） |
| ③池亭の構造と景観 | ③無常の世に生きる悩みから出家し隠遁生活（過去回想） | ③ⅰ帰国後の活動（過去回想）<br>③ⅱ人生の下り坂に向かう（過去回想） |
| ④作者の生活態度 | ④日野山方丈の庵で獲得した心の安らぎ（過去回想） | ④人生における科学と哲学（過去回想） |
| ⑤理想の住居論（現在） | ⑤死期が近づき、顧みた方丈の庵での心のゆれと修行の不徹底（現在） | ⑤ⅰ哲学になじめないこと（過去回想）<br>⑤ⅱ生涯の残余を死を怖れず死にあこがれず生きている（現在・別荘での生活） |

こうした、初めと終わりに、執筆の「現在」が書かれ、その間の中核部分に生きて来た過去

のさまざまな出来事が書かれるという、形態的な面の類似は、『妄想』を『池亭記』や『方丈記』の流れの中にあるものとして把握とする試みへのステップの一つなるのではないかと考えられるのだが、いかがなものであろうか。しかし、このような論法では、実は深刻な課題が残ることになる。それは『池亭記』も『方丈記』も「池亭」や「方丈」といった建築物に関わる語を使用しているのに対して鷗外はこの作品の舞台となっている彼の別荘の名を用いて『鷗荘記』ではなく、仏教用語の〈妄想〉を用いているのは何故なのかという疑問が生じてきてしまうからである。この疑問に就いては先に引用した『妄想』本文末尾にある「反古」という語に注目すれば、後述のようにおぼろげながらも判然としてくるのではないかと考えている。

## 二、『池亭記』『方丈記』『妄想』の比較２ ―― 内容から

第一表で見た形態的な共通点からさらに、この三つの作品の内容に関する様々な点を比較・検討するためにまとめたのが、次の第二表である。

第二表　『池亭記』『方丈記』『妄想』の内容の比較

| 項目 | 『池亭記』 | 『方丈記』 | 『妄想』 |
|---|---|---|---|
| 邸宅 | 就㆑隆為㆓小山㆒、遇㆑窪 | （方丈の）庵の北に少 | 〇その砂山の上に、ひよろひよろした赤松が簇つて生えてゐる。 |

| | 船 | 水 | 人物A |
|---|---|---|---|
| 穿二小池一。池西置二小堂一安二弥陀一。池東開二小閣一納二書籍一。池北起二低屋一着二妻子一。凡屋舎十之四、菜園八之二、池水九之三、芹田七之一。其外緑松島、白沙汀、紅鯉白鷺、小橋小船、平生所レ好、尽在二於中一。況乎春有二東岸之柳一、細煙嫋娜。夏有二北戸之竹一、清風颯然。秋有二西窓之月一、可二以披一レ書。冬有二南簷之日一、可二以炙一レ背。 | 池に浮かべ遊ぶ | i 賀茂川 ii 自宅の池 | i 児童 ii 僮僕 |
| 地をしめ、あばらなるひめ垣をかこひて園とす。すなはちもろもろの薬草をうゑたり。かりの庵のありさまかくのごとし。その所のさまをいはゞ、南にかけひあり、岩をたゝみて水をためたり。林軒近ければ、つま木を拾ふにともしからず。名を外山といふ。まさきのかづらあとをうづめり。谷しげゝれど、にしは晴れたり。観念のたよりなきにしもあらず。春は藤なみを見る、紫雲のごとくして西のかたに匂ふ。 | 日野山から岡のやに行き交う船を見る | i 行く川 ii 大水 iii 岡屋の津 | i 山守の子童 |
| 余り年を経た松ではない。海を眺めてゐる白髪の主人は、此松の幾本かを切つて、松林の中へ嵌はめ込んだやうに立てた小家の一間に据つてゐる。主人が元世に立ち交つてゐる頃に、別荘の真似事のやうな心持で立てた此小家は、只二間と台所とから成り立つてゐる。今据つてゐるのは、東の方一面に海を見晴らした、六畳の居間である。据つてゐて見れば、砂山の岨が松の根に縦横に縫はれた、殆ど鉛直な、所々中窪に崩れた断面になつてゐるので、只果ない波だけが見えてゐるが、此山と海との間には、一筋の河水と一帯の中洲とがある。河は迂回して海に灌いでゐるので、岨の下では甘い水と鹹い水とが出合つてゐるのである。砂山の背後の低い処には、漁業と農業とを兼ねた民家が疎に立つてゐるが、砂山の上には主人の家が只一軒あるばかりである。いつやらの暴風に漁船が一艘跳ね上げられて、松林の松の梢に引つ懸つてゐたといふ話のある此砂山には、土地のものは恐れて住まない。<br>　河は上総のいしみ川である。海は太平洋である。<br>○丁度径一尺位に見える橙黄色の日輪が、真向うの水と空と接した処から出た。水平線を基線にして見てゐるので、日はずんずん升つて行くやうに感ぜられる。 | i 松林の枝に打ち上げられて小舟の話 ii 留学の帰途の寄港地の逸話 | i 夷隅川 ii 太平洋 iii 留学での航海中の逸話 | i 八十八といふ老僕 |

| | | | |
|---|---|---|---|
| 人物B | （古賢）文帝・白楽天・竹林の七賢 | 満沙弥・源都督<br>蟬丸翁が迹をとぶらひ | **シヨオペンハウエル**・エルンスト フオン ヴイルデンブルツホ・**ハルトマン**・マツクス スチルネル・カント・ギヨエテ・フイリツプ マインリンデル・ニイチエ・ブリユンチエエル・エリアスメチユニフツフ・**フオイト** |
| 書籍 | 東開㆓小閣㆒納㆓書籍㆒ | 和歌・管弦・往生要集の抄物 | 壁の総てが棚。棚の総てが書物。アルヒヴエ・ヤアレスベリヒテ。世間の人が懐かしくなった故人を訪うように、古い本を読む。世間の人が市に出て、新しい人を見るように新しい本をよむ<br>＊厭世哲学からニーチェ至る読書遍歴 |
| 玩弄物 | 庭園 | 琴・琵琶 | 顕微鏡・ルーペ・望遠鏡 |
| 都市 | 天之亡西京、非人之罪明也。 | 福原遷都の顚末 | 東京での都会改造の議論　自然科学→本の木阿弥説に根拠を与えた<br>食物改良の議論<br>仮名遣改良の議論 |
| 変事 | 安和二（九六九）年二月源高明失脚 | 安元（一一七七）大火<br>治承（一一八〇）辻風<br>養和（一一八一～八二）飢饉<br>元暦（一一八五）大地震 | 友人の異郷での死<br>「青い鳥」の死<br>「死の恐怖」がない |
| 日常（対世間） | 在㆑朝身暫随㆓王事㆒、在㆑家心永帰㆓仏那㆒。予出有㆓青草之袍㆒、位雖㆑卑職尚貴、入有㆓白紵之被㆒、暄㆓於春㆒潔㆓於雪㆒。盥漱之初、参㆓ | 我が身、父の方の祖母の家をつたへて、久しく彼所に住む。そののち縁かけ、身おとろへて、しのぶかたがたしげかりしかば、つひに | i 一寸舞台から降りて、静かに自分と云ふものを考えてみたい、背後の何物かの面目を覗いてみたいと思ひ思ひしながら舞台監督の鞭を背に受けて、役から役を勤め続けてゐる、この役が即ち生だとは考へない、背後にある或る物が真の生ではあるまいかと思はれてしまふ。<br>ii そんなら自我がなくなるといふことに就いて、平気でゐるかと |

西堂㆒、念㆓弥陀㆒、読㆓法華㆒。飯雙之後、入㆓東閣㆒、開㆓書巻㆒、逢㆓古賢㆒。夫漢文皇帝為㆓累代之主㆒、以㆘好㆓倹約㆒安㆗人民㆖也。唐白楽天為㆓異代之師㆒、以㆘長㆓詩句㆒帰㆗仏法㆖也。晋朝七賢為㆓異代之友㆒、以㆓身在㆑朝志在㆒㆑隠也。予遇㆓賢主㆒、遇㆓賢師㆒、遇㆓賢友㆒。一日有㆓三遇㆒、一生為㆓三楽㆒。近代人世之事、無㆓一可㆒㆑恋。人之為㆑師者、先㆑貴先㆑富、不㆓以㆑文次㆒。不㆑如㆑無㆑師。人之為㆑友者、先㆑勢以㆑利、不㆓以㆑淡交㆒。不㆑如㆑無㆑友。予杜㆑門閉㆑戸、独吟独詠。若有㆓余興㆒者、与㆓児童㆒乗㆓小船㆒、叩㆑舷鼓㆑棹。若有㆓余假㆒者、呼㆓僮僕㆒入㆓後園㆒、以糞以灌。我愛㆓吾宅㆒、

あとゝむることを得ずして、三十餘にして、更に我が心と一の庵をむすぶ。これをありしすまひになずらふるに、十分が一なり。たゞ居屋ばかりをかまへて、はかばかしくは屋を造るにおよばず。わづかについひぢをつけりといへども、門たつるたづきなし。竹を柱として、車やどりとせり。雪ふり風吹くごとに、危ふからずしもあらず。所は河原近ければ、水の難も深く、白波のおそれもさわがし。すべてあらぬ世を念じ過ぐしつゝ、心をなやませることは、三十餘年なり。その間をりをりのたがひめに、おのづから短き運をさとりぬ。すなはち五十の春をむかへて、家をいで世を

いふに、さうではない。その自我といふものが有る間に、それをどんな物だとはつきり考へても見ずに、知らずに、それをなくしてしまうのが口惜しい。残念である。漢学者の謂ふ酔生夢死といふやうな生涯を送つてしまふのが残念である。痛切に心の空虚を感ずる。なんともかとも言はれない寂しさを覚える。それが煩悶になる。それが苦痛になる。

iii自分は失望を以て故郷の人に迎へられた。それは無理もない。自分のやうな洋行帰りはこれまで例の無い事であつたからである。

iv新しい地盤の上に**Forshung**（新見を目指す独創的な実験）を企てやうといふ段になると、地位と境遇とが自分を為事場から跳ね出した。自然科学よ、さらばである。（略）只奮闘してゐる友達には気の毒である。依然として雰囲気の無い処で、高圧の下に働く潜水夫のやうに喘ぎ苦んでゐる。雰囲気の無い証拠には、まだ**Forshung**といふ日本語も出来てゐない。そんな概念を明確に言ひ現す必要をば、社会が感じてゐないのである。自慢でもなんでもないが、「業績」とか「学問の推挽」とか云ふやうな造語を、自分が自然科学界に置土産にして来たが、まだ**Forshung**といふ意味の簡短で明確な日本語は無い。研究なんといふぼんやりした語は、実際役に立たない。載籍調も研究ではないか。かう云ふ閲歴をして来ても、未来の幻影を逐おうて、現在の事実を蔑ろにする自分の心は、まだ元の儘である。人の生涯はもう下り坂になつて行くのに、逐てゐるのはなんの影やら。「奈何にして人は己を知ることを得べきか。省察を以てしては決して能はざらん。されど行為を以てしては或は能よくせむ。汝の義務を果さんと試みよ。やがて汝の価値を知らむ。汝の義務とは何ぞ。日の要求なり。」これはギヨオテの詞である。日の要求を義務として、それを果し

不レ知二其他一。

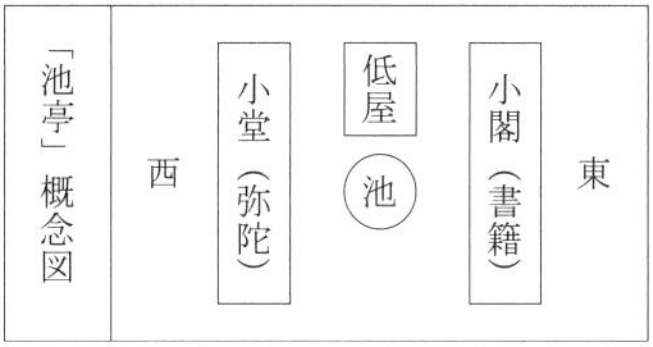

「池亭」概念図

そむけり。もとより妻子なければ、捨てがたきよすがもなし。身に官祿あらず、何につけてか執をとゞめむ。むなしく大原山の雲にふして、またいくそばくの春秋をかへぬる。

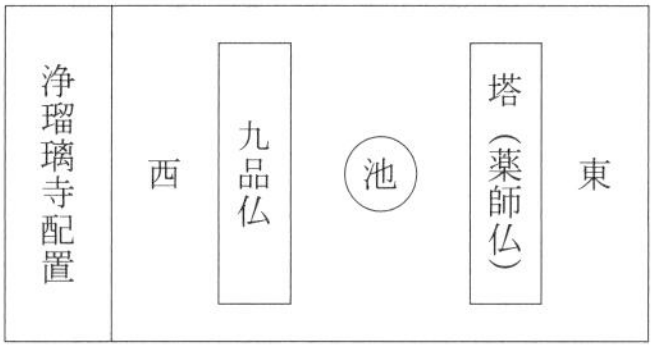

浄瑠璃寺配置

て行く。これは丁度現在の事実を蔑ろにする反対である。自分はどうしてさう云ふ境地に身を置くことが出来ないだらう。日の要求に応じて能事畢るとするには足ることを知らなくてはならない。足ることを知るといふことが、自分には出来ない。自分は永遠なる不平家である。どうしても自分のゐない筈の所に自分がゐるやうである。どうしても灰色の鳥を青い鳥に見ることが出来ないのである。道に迷つてゐるのである。夢を見てゐるのである。夢を見てゐて、青い鳥を夢の中に尋ねてゐるのである。なぜだと問うたところで、それに答へることは出来ない。これは只単純なる事実である。自分の意識の上の事実である。自分は此儘で人生の下り坂を下つて行く。そしてその下り果てた所が死だといふことを知つて居る。

v スチルネルを読んで見ると、ハルトマンが紳士の態度で言つてゐる事を、無頼漢の態度で言つてゐるやうに感ずる。そしてあらゆる錯迷を破つた跡に自我を残してゐる。世界に恃むに足るものは自我の外には無い。それを先きから先きへと考へると、
無政府主義に帰着しなくては已まない。
自分はぞつとした。

vi 凡の人為のものの無常の中で、最も大きい未来を有してゐるものの一つは、矢張科学であらう。

vii 只その読み方が、初めハルトマンを読んだ時のやうに、饑て食を貪るやうな読み方ではなくなつた。昔世にもてはやされてゐた人、今いま世にもてはやされてゐる人は、どんな事を言つてゐるかと、譬ば道を行く人の顔を辻に立つて冷澹に見るやうに見たのである。冷澹には見てゐたが、自分は辻に立つてゐて、度々帽を脱いだ。昔の人にも今の人にも、敬意を表すべき人が大勢あつた

のである。帽は脱いだが、辻を離れてどの人かの跡に附いて行かうとは思はなかつた。多くの師には逢つたが、一人の主には逢はなかつたのである。

まずは「邸宅」の項目から考えてみることにする。第二表最初の「池亭」の建物の配置は記述に順えば、概念図のようになる。これは下に示した浄瑠璃寺の配置からも直ぐにわかるように、浄土庭園の形であり、池の向こうに西方浄土を希求する形になっている。慶滋保胤のまなざしは西に向いている。

また、『方丈記』の終の栖は「まさきのかづらあとをうづめり。谷しげゝれど、西は晴れたり。観念のたよりなきにしもあらず。春は藤なみを見る、紫雲のごとくして西のかたに匂ふ。」であり、鴨長明のまなざしが、西に向かっていることを示し、さらに、「船」の所で示してあるように、「岡屋の津」さらには巨椋池という巨大な湖沼のむこうの遙か彼方の西方浄土に向かっているといってよい。まさしく「日想観」に相応しい場所として設置されている。さらに言えば、書物の中に『往生要集』が特筆されていることも、このことを強く反映していると言ってよい。

これに対して『妄想』の邸宅は「東の方一面に海を見晴らした、六畳の居間」があり、その「海」は太平洋であって、若い頃「西」に向かい「西」の世界から帰ってきた翁のまなざしは、太平洋に昇る朝日を眺めている。まなざしは東に向いていた。この違い、「西」に向くか、東に向くか。夕日に向くか、朝日に向くか。浄土信仰に支えられた「日想観」を知るまなざしとそうでない者の違いが、このまなざしの差異として現れていることは十分注意しておく必要があろう。

さらに、『池亭記』『方丈記』と『妄想』との差異が如実に表れるのが「登場人物」で、『池亭記』が「児童・僮僕」であり『方丈記』が「子童」であるのに対して、『妄想』が「八十八といふ老僕」であるという、年若い人物と老人との対比も、憶測すれば、『妄想』が他の二作品との距離をあえて作ったとも考えられるのである。

そして、この距離感をもっとはっきり演出しているのが「玩弄物」ではないだろうか。『方丈記』の「琴」「琵琶」という楽器。長明と琵琶にまつわる説話も別に『文机談』等に残されており「琵琶」に対する思いが伝えられているが、ここでもわざわざ「蟬丸翁（筆者注＝伝説の歌人・琵琶の名人。逢坂関明神に祭られている）が跡をとぶらひ」とあるところからすれば、この場合は、とらえ方によっては趣味・単なる楽しみというよりはむしろ、「法楽」に関わるものとして所持していたとも考えられる。一方、『妄想』の「顕微鏡」「ルーペ」「望遠鏡」は、拡大することでよりはっきりと視界をクリアーにして、自然界の見えないものを確認する為のツールであり、自然科学に関わった「翁」にとっては、これまでの人生を支えるよすがであったと言ってよい。今風に云えば「芸術」と「科学」の対比ということになるが、殊更そうした区別までする必要はあるまい。

次に「都市」の項目であるが、鷗外自身が都市の有様に興味を持ち、明治四十二（一九〇九）年八月に森林太郎立案ということで『東京方眼図』を春陽堂から出版していることはよく知られている。都市の栄枯盛衰は、『池亭記』や『方丈記』においては、主要な題材であったし、『妄想』でも浅薄な欧化施策への批判の為の材料として次のような都市論が描かれている。

東京では都会改造の議論が盛んになつてゐて、アメリカのAとかBとかの何号町かにある、独逸人の謂ふヲルケンクラツツエルのやうな家を建てたいと、ハイカラア連が云つてゐた。その時自分は「都会といふものは、狭い地面に多く人が住むだけ人死にが多い、殊に子供が多く死ぬる、今まで横に並んでゐた家を、竪に積み畳かさねるよりは、上水下水でも改良するが好からう」と云つた。又建築に制裁を加へようとする委員が出来てゐて、東京の家の軒の高さを一定して、整然たる外観の美を成さうと云つてゐた。その時自分は「そんな兵隊の並んだやうな町は美しくは無い、強ひて西洋風にしたいなら、寧ろ反対に軒の高さどころか、あらゆる建築の様式を一軒づつ別にさせて、ヱネチアの町のやうに参差錯落たる美観を造るやうにでも心掛けたら好からう」と云つた。

次の「変事」であるが、これは各作品の成立の社会の状況とも関わりを伺わせるものである。『妄想』の場合は、留学生と鳥の死が描かれているが、留学生の死は、ヨーロッパの無機質な死が、また「鳥」がメーテルリンクの『青い鳥』を連想させるのは勿論だが、『雁』のお玉さんの「紅雀」をも連想させる。が、それ以上に、『妄想』成立当時の社会の状況を一瞥しておくことも、参考になると思われる。ただ本稿は、『妄想』の所謂成立論を意図したものではないので、こうしたやっかいな時代の中で書かれたのだということを分かっていただくだけで充分だと考えている。そのために、明治四十年〜四十五（大正一）年間の出来事を掲げておくと次のようになる。

**◎『妄想』の初出「三田文学」の明治四十四（一九一一）年の三月号・四月号、後、大正二七月、籾山書店刊の『分身』に収録。**（この年鷗外四十九歳）

**明治四十**（一九〇七）年一月東京株式相場暴落（経済恐慌）。二月足尾銅山で暴動で軍隊出動。三月与謝野鉄幹・伊藤左千夫・佐佐木信綱らと自宅で「観潮楼歌会」を開く。六月西園寺公望が主催した歌会「雨声会」に出席。別子銅山暴動で軍隊出動。七月ハーグ密使事件で韓国皇帝退位。八月次男・不律誕生。韓国軍隊解散義兵運動。十月陸軍軍医総監・陸軍省医務局長となる。○久米邦武『日本古代史と神道との関係』（警醒社）刊名学院神学部の講演をまとめたもの。

**明治四十一（一九〇八）年**一月**弟篤次郎**（三木竹二）**死去**。**二月次男不律死去**。『本家分家』に描かれた世界。五月文部省の**臨時仮名遣調査委員会委員になる**。六月**赤旗事件**。十月**戊申詔書発布**。

**明治四十二（一九〇九）年**三月スバルに口語体小説『半日』を寄稿。以後、頻繁に寄稿する。四月『仮面』（スバル）。五月**次女・杏奴誕生**。七月文学博士の学位を授与。**「ヰタ・セクスアリス」掲載の『スバル』が発売禁止**。八月『鶏』（スバル）。九月満州・間島に関する日清協約。十月伊藤博文ハルピンで暗殺（六十九歳）。十二月『予が立場（Resignation の説）』（新潮）

**明治四十三（一九一〇）年**一月『杯』（中央公論）。二月慶應義塾大学の文学科顧問に就任。『三田文学』編集委員。三月『青年』（スバル連載開始44年8月完結）。五月**大逆事件**（**翌年幸徳秋水ら十二名死刑**）。六月『普請中』（三田文学）。八月韓国併合・朝鮮総督府設置。十月『涓滴』（小説集新潮社）。十一月**帝国在郷軍人会発足**・帝国農会発足。

**明治四十四（一九一一）年**（鷗外四十九歳）二月**三男類誕生**。『カズイスチカ』（三田文学）。二月**南北朝正閏問題始まる**（**衆議院議員藤澤元造が問題追求の質問主意書を提出**）。三月『妄想』（三田文学四月完結）。小説集『烟塵』（春陽堂）。**日米新通商条約**（小村寿太郎・関税自主権の回復）。五月**文芸委員会委員**。七月**文芸委員会より『ファウスト』の翻訳依頼**。九月『雁』（スバル大正五月完結）。**警視庁特別高等課（特高）設置**。東京市電従業員のゼネスト。十月辛亥革命始まる。『百物語』（中央公論）。『灰燼』（三田文学大正元年十二月中絶）。〇ハンス・ファイヒンガー（Hans Vaihinger）『かのようにの哲学（Die Philosophie des Alsob）』発刊。

**明治四十五（一九一二）年**一月『かのやうに』（中央公論・後大正三年四月単行本『かのやうに』籾山書店）。文芸委員会に頼まれていた戯曲『ファウスト』の訳を完結させる。中華民国発足。美濃部達吉『憲法講話』（天皇機関説）。二月教会。同七月明治天皇没（六十一歳）。以降大正時代。八月友愛会（鈴木文治）。九月乃木希典夫婦殉死（大喪当日）。

新しい生命の誕生と身内の死、発禁処分、日露戦争後の個人主義や快楽的な官能主義そして社会主義思想を否定する、「戊申詔書」の発布、大逆事件や南北朝正閏問題に見られるある方向への動き等など、時代の不安を感じさせ、「乱世」というのは少し過激な言い方になるが、いい意味でも悪い意味でも心中穏やかならざるものがこの時期の鷗外にはあったとしても不思議ではない時空間だったのではないか。そうした世上の不穏な空気の中で、別荘での閑居の折

りに、『妄想』が、

　かくして最早幾何もなくなつてゐる生涯の残余を、見果てぬ夢の心持で、死を怖れず、死にあこがれずに、主人の翁は送つてゐる。

　その翁の過去の記憶が、稀に長い鎖のやうに、刹那の間に何十年かの跡を見渡させることがある。さう云ふ時は翁の炯々たる目が大きくみはられて、遠い遠い海と空とに注がれてゐる。

という状況を描出することがあっても、いいのではないかと思われる。
『池亭記』『方丈記』『妄想』の三作品には、第二表にみるように多くの人名と書名が書かれている。先にも少し触れた人物等もあるが、それらを含めて今少し説明を加えておく。まずは『池亭記』に「夫漢文皇帝為二累代之主一、以下好二倹約一安中人民上也。」と書かれた漢文帝のことから。この「以下好二倹約一安中人民上也」が、所謂「黄老思想」、特に『老子』第二十九章と深い関係にあることは、

　将欲取天下而為之、吾見其不得已。天下神器、不可為也。為者敗之、執者失之。

故物或行或隨、或歔或吹、或強或羸、或挫或隳。是以聖人去甚、去奢去泰。
（天下を取めんと将欲《ほっ》して之を為さば、吾れ其の得ざるをみる已《のみ》。天下は神器なり、為す可からざるなり。為す者は之を敗《やぶ》り、執《と》る者は之を失う。故に物は或いは行き或いは随い、或は歔《きょ》し或いは吹き、或いは強く或いは羸《よわ》く、或いは挫し或いは隳《こぼ》つ。是を以て聖人は甚を去り、奢を去り泰を去る。）

といった『老子』の中の言説の示す所でもあるし、このような考え方はよく知られているように『老子』の三十七・八十章などにも如実に顕れている。こうした、悪く言えば、放任主義、さらに言えば無政府主義に通ずる考え方があるというのは大げさであるが、『老子』が小さな政府を推奨していることは明白であり、こうした考え方に対して『妄想』は西洋の哲学のあたかもその見取り図を描くが如くに述べた後に、それらを評して、

無政府主義に帰着しなくては已ない。／自分はぞつとした。

というように、嫌悪感を示している。この記述が本心なのか、或いは自己保身の為の韜晦なのかは、鷗外自身の歴史観や皇室観をどうとらえるかと絡み合って今後の大きな研究課題なのだ

が、この他、『老子』と鷗外との関係を視野に入れると、後で述べるように、『老子』の第三十三・四十四章などが問題となって来る。

それとはまた別に、『池亭記』ではさらに、「竹林の七賢」が引き合いに出される。『世界大百科事典』等によると、「竹林の七賢」とは、中国、三国魏の末期、放達の行為で知られた阮《げん》籍《せき》、嵇康《けいこう》、山濤《さんとう》、王戎《おうじゆう》、向秀《しようしゆう》、阮咸《げんかん》、劉伶《りゆうれい》の七人のことで、今風に言えば「自由人」ということにでもなるのだろうか。一般に〈竹林〉と形容されるのは、嵇康の郷里の山陽（江蘇省淮安県）の竹林で酒を飲み、談論三昧にふけったことに拠っており、七人は酒を愛し、歩兵校尉の役所に美酒がたくわえられていると聞き、その職についた阮籍、酒をほめる『酒徳頌』を書いた劉伶は特に「酒徒」の名を欲しいままにし、また音楽好きの阮籍は『楽論』を著し、嵇康は『琴の賦』の作者であるとともに「広陵散」とよばれる琴曲の名手で、阮咸も音楽理論によく通じていたという。言うまでもなく七人は「老荘」の信奉者であって、飲酒と音楽も「老荘」の「自然」の境地に遊ぶためのものであったのかも知れない。しかし、そのような高踏的な生き方にしても、その背後には魏王朝の簒奪を企む司馬氏の蠕動があらわとなった魏・晋交代期の乱世ともいうべき状況に対する憤りと憂いがあったとされているのはよく知られている通りであろう。嵇康は、政局の犠牲者として処刑されることになった。竹林の七賢の生き方には、生き延びるための「韜晦」があったのだといってよい。そのことは、阮籍が仲間に加わりたいと申しでたわが子の阮渾《げんこん》を、おまえには「放達を為す所以がわかっていないから」とたしなめはとからも察することができる。七賢のなかには仲間から〈俗物〉と軽蔑された王戎が含まれていて、実際に七で活動したのかどうか疑わしい点もあるが、東晋以後、戴逵《たいき》の『竹林七賢論』を初めとして七賢を論じた文章が多く書かれることになった。

『妄想』には、こうした群れて生きる「生き方あり方」とは一線を画したところがある。そこを再び『老子』の問題に帰って考えてみることにする。拠り所の一つは次の『老子』三十三章である。

知人者智、自知者明。勝人者有力、自勝者強、知足者富、強行者有志。不失其所者久、死而不亡者寿。（三十三章）

（人を知る者は智なり、自ら知る者は明なり。人に勝つ者は力あり、自ら勝つ者は強し。足を知る者は富み、強《つと》めて行う者は志を有す。其の所を失わざる者は久しく、死して而《しか》も亡びざる者は寿《いのちなが》し。）

傍線部と同じような言説は『老子』には第四十四・四十六章などにも見られ、その思想を端的に表現したものだと考えられており、『妄想』の中でも次のように、日の要求に応じて能事畢るとするには足ることを知らなくてはならない。足ることを知るといふことが、自分には出来ない。自分は永遠なる不平家である。どうしても自分のゐない筈の所に自分がゐるやうである。

とあって、「足を知る」ことが課題となっている。ここで蛇足を付け加えれば、『高瀬舟』（大正四（一九一五）年十一月に行われた大正天皇の大嘗祭に参列した後執筆翌年中央公論一月号）と『高瀬舟縁起』（大正五年一月心の花）においてもこの「足を知る」ことが、喜助と羽田庄兵衛の人生を浮き上がらせるためのキーワードの一つとなっている。とすれば、『老子』に対する何らかの思いが、『妄想』の中にあると考えてもよいと思われるのだが、いかがであろうか。
また、「白楽天」については、次の『三宝絵』下十四「比叡坂本勧学会」の次の文章が説明になると考えられる。

十五日ノ朝ニハ法花経ヲ講ジ、夕ニハ弥陀仏ヲ念ジテ、ソノヽノチニハ暁ニイタルマデ、仏ヲホメ、法ヲホメタテマツリテ、ソノ詩ハ寺ニヲク、又居易ノミヅカラツクレル詩ヲアツメテ、香山寺ニオサメシ時ニ、「願ハコノ生ノ世俗文字ノ業、狂言綺語ノアヤマリヲモテカヘシテ、当来世々讃仏乗ノ因、転法輪ノ縁トセム」トイヘル願ノ偈誦シ、又、「此身何足愛、万劫煩悩ノ根、此身何足厭、一聚虚空ノ塵」トイヘル詩ナドヲ誦スル。僧モ互ニ法花経ノ、「聞法歓喜讃、乃至発一言、即為已供養、三世一切仏」トイフ偈、又、竜樹菩薩ノ十二礼拝ノ偈等ヲ誦シテ夜ヲアカス。娑婆世界ハコヱ仏事ヲナシケレバ、僧ノ妙ナル偈頌ヲトナヘ、俗ノタウトキ詩句ヲ誦スルヲキクニ、心オノヅカラウゴキテ、ナミダ袖ヲウルホス。

ワガミチ尽ズハ、コノ会モタヘズシテ、竜花三会ニイタラシム。トイヘリ。

傍線部は『白氏文集』七十「香山寺白氏洛中集記」の一節。二重傍線部は『白氏文集』十一「逍遙歌」の一節ということが指摘されている。問題は、慶滋保胤が勧学会と深い関係にあるということで、例えば『国史大辞典』には、次の次ような説明が載せられている。

平安時代儒仏両徒が合同で催した行事。三月と九月の十五日、叡山の西麓か京辺の寺で、紀伝の徒と叡山の僧侶が二十人ずつ集まり、講経（『法華経』）・念仏・作文を行なった。中国の故事によらない独自のものという。三期に分かれる。第一期は康保元年（九六四）三月が創始で、この期の儒徒は慶滋保胤・紀斉名・橘倚平・藤原在（有）国・高階積善・源為憲ら。保胤が中心と思われる。仏徒は不明。場所は月林寺・親林寺・禅林寺など（『扶桑略記』『三宝絵詞』『本朝文粋』）。天延二（九七四）、三年ごろ勧学会専用の仏堂建立を企てたが成就せず（『本朝文粋』）、寛和二年（九八六）の保胤の出家により、会は叡山の二十五三昧講へ発展的解消したとされる。（以下略）（桃裕行）

この説明は基本的に納得できる。ただ、傍線部の人々は確かに四書・五経を中心とした儒学を学びその知識で活躍した人達であるのだが、それだけではなく老荘にも接していたことは当時の学問的水準から考えていうまでもない。さらに、二重傍線部の「二十五三昧講」に関する「二十五三昧式」というのは、『横川首楞厳院《よかわしゅりょうごんいん》二十五三昧式』といい、源信撰とも伝えられているがはっきりしない。寛和二（九八六）年に源信を指導者として比叡山横川首楞厳院で結成された念仏者集団二十五三昧会のために作成されたもの。後に慶滋保胤が『二十五三昧起請』を起草し、また永延二（九八八）年の源信の『定起請』と内容的にも密接な関係があり『往生要集』とも深くかかわっている。本文は三つの部分に分けられる。冒頭に表白・根本結衆二十五人連署発願文があり、結集は互いに善友となり、心を合わせ死にいたるまで助け合って念仏し、毎月十五日の夕に念仏三昧を修して臨終正念・往生極楽を願う。式はまず『阿弥陀経』の誦出の後六道の相を述べ、各段ごとに念仏と竜樹の『十二礼』二節を唱えて回向する形式で、二十五三昧会の浄土行の具体的内容を示すものとして、『二十五三昧起請』とともに後の念仏者のカノンとなっているものということになり、ここまでくると、『池亭記』と『方丈記』を継ぐものが『往生要集』であることがはっきりとする。しかし、『妄想』とはまだかなりの距離があることは否定出来ないのも事実である。この距離が、実は、『妄想』の真骨頂なのではないかと私は考えている。『往生要集』の眼目は、末法思想に基づいた浄土信仰であり、西方浄土の希求であることは言を俟つ必要はない。これに対して『妄想』は、

そんなら自我がなくなるといふことに就いて、平気でゐるかといふに、さうではない。その自我といふものが有る間に、それをどんな物だとはつきり考へても見ずに、知らずに、それをなくしてしまうのが口惜しい。残念である。漢学者の謂ふ酔生夢死といふやうな生涯を送つてしまふのが残念である。痛切に心の空虚を感ずる。なんともかとも言はれない寂しさを覚える。それが煩悶になる。それが苦痛になる。

と書いてはいたが、また、次のようにも書いている。

・自分は此儘で人生の下り坂を下つて行く。そしてその下り果てた所が死だといふことを

知つて居る。

併しその死はこはくはない。人の説に、老年になるに従つて増長するといふ「死の恐怖」が、自分には無い。

若い時には、この死といふ目的地に達するまでに、自分の眼前に横はつてゐる謎を解きたいと、痛切に感じたことがある。その感じが次第に痛切でなくなつた。次第に薄らいだ。解けずに横はつてゐる謎が見えないのではない。見えてゐる謎を解くべきものだと思はないのでもない。それを解かうとしてあせらなくなつたのである。

・自分には死の恐怖が無いと同時にマインレンデルの「死の憧憬」も無い。
死を怖れもせず、死にあこがれもせずに、自分は人生の下り坂を下つて行く。

・かくして最早幾何もなくなつてゐる生涯の残余を、見果てぬ夢の心持で、死を怖れず、死にあこがれずに、主人の翁は送つてゐる。

そこで、これらの「生き方あり方」の根拠は何かといふと、『妄想』は、Revue《ルイユウ》 des《デ》 Deux《ドユウ》 Mondes《モオンド》 の主筆をしてゐた旧教徒Brunetiere《ブリユンチエエル》が、科学の破産を説いてから、幾多の歳月を閲しても、科学はなかなか破産しない。凡の人為のものの無常の中で、最も大きい未来を有してゐるものの一つは、矢張科学であらう。

と書く。自然科学に携わってきた「翁」の感慨とも自信とも言えるものであろう。こうした発想法を現時点では、進化論的発想を基盤においた安易な科学万能主義のもつ限界を知らない楽天主義という形で批判的にとらえることは、容易にできるのだが、それも所詮は後知恵になるので、今は触れない。ただ、宗教的な背景を持つ、『池亭記』や『方丈記』とは、違う主人公が明確に描き出されているということだけは言えそうである。そしてそのことを最も明確にしているのが、西に沈む夕日の向こうに極楽浄土を観想する『池亭記』や『方丈記』とはことなり、『妄想』は、次のように、

丁度径一尺位に見える橙黄色の日輪が、真向うの水と空と接した処から出た。水平線を基線にして見てゐるので、日はずんずん升つて行くやうに感ぜられる。

と、太平洋に昇る朝日を描くところにも端的に現れているといってもいいのではないだろうか。ここでの翁の眼差しは、東に向いている。

## まとめ

比較検討する要素は、三作品の間にあるが、それはそれとして、今までの検討を通して、私が感じたことは、何よりも『妄想』には、わざと『池亭記』や『方丈記』の世界を裏返して見せているところがあるのではないかと考えられる節のあることである。まなざしの向こう「東」と「西」の違い、あるいは科学と宗教との違い、もちろん、「〈近代的な〉自然科学的な物の見方考え方」が『方丈記』の時代に、あったはずもない。そのことを踏まえて考えてみると、鷗外は自分の生きる時代の中での自身の生死観をわかりやすく描き出すために、「記」という文体を用いてこの作品を創造して見たのではないかと思われる。『池亭記』の作者慶滋保胤も『方丈記』の鴨長明も、その時代の「今を生きる」ことを書き残した。鷗外も『妄想』で、「今を生きる」ことを描きたかった。だからその容れ物として「記」を用いたのである。「新しい酒は新しい袋に盛れ」という諺があるが、逆に容れ物を見慣れたものにすることによって、周囲の抵抗感をなくした上で、新しい「生き方あり方」を示そうとしたのかも知れないのである。その辺りをどう読むかは、鷗外が逆に読者を試しているところかも知れない。これまで、鷗外作品の戦略（STRATEGY）を日本の古典作品を通して読み解いてきた私には、どうもその辺に、鷗外一流の意地の悪さ、言い換えあると最先端の海彼、西洋の知識を目眩ましに使い、本心を日本の文藝史の方法で語るといったような、もしくは作品全体が「喩」として存在するような居心地の悪さが感じられてしまうのであるが、どうであろうか。

さて、ここまで来ると、積み残してきた一つの問題に答えを与えなければならないのだが、鷗外の用語「反古」には、次のような用例があった。『かのやうに』に収録されることになる『鎚一下』（中央公論大正二（一九一三）年七月）の中の次の一節である。

秀麿は近頃日記を綿密に附けるやうになつた。さうなつたのは、種々の人の境遇などを聞かせられて、其手紙に一々返事もせずにはゐるが、切角自分を信じて訴へて來た人の事を、全く棄てゝ顧みずにゐるには忍びないので、責めて其その人名、住所、身上の概略、要求丈を日記に書き留めて置かうと思ひ立たつた為である。

秀麿の日記は罫の無い洋紙の判の大きいのを、洋風に綴ぢた大冊である。其中に別に数枚の反古が挾んである。それに「鎚一下」と題してある。次に載せるのが其全文である。

つまり、「故古」とは、日記などに書き切れないものを書き留める物としてあるという意味が含まれているという思いがあることになる。言い換えると、まさしくこれは、つれ〲なるままに、日ぐらし硯に向かひて、心にうつりゆくよしなしごとを、そこはかとなく書き付くれば、あやしうこそ物狂おしけれ。

という、『徒然草』の冒頭に底通する思いが、「反古」という用語には、籠められていることになりはすまいか。ならば、「あやしうこそ物狂おしけれ」を言い換えるならば、それは何か。『妄想』しかあり得ないのではないか。

「隠逸の文藝史」と振り被った以上、本当ならば、西行や吉田兼好、芭蕉にも触れなければないのだが、浅学非才、老骨の身、とても及ばぬこととて省かせていただいた。いづれ余命あらば、書かせていただく折りもあろうとは思うが、今はご容赦頂きたい。

## 付説I 「妄想」という語について

「妄想」という語は、仏教用語としては単独でも使用されるが、「妄想顚倒」「妄想如幻」「妄想分別」といった熟語として用いられることも多い。そうした用例の中で特に気になったのが『平家物語』「清水焼亡」（延慶本）にある、山門の大衆が清水寺の観音堂を焼く場面、学生悪僧の無動寺の伯耆の堅者乗円という法師が持ち出した、罪業もとより所有なし。妄想顛倒より起こる。心性源清ければ衆生即仏なり。

という偈であって、この偈は『法然上人行状絵伝』や『知恩伝』などにもあり、親鸞の『正像末和讃』草稿本にはこのままの形で載り、文明版『正像末和讃』では、

罪業もとよりかたちなし。妄想顛倒のなせるなり。心性もとより清けれどこの世はまことの人ぞなき

となっているが、実はこの偈の主旨が鷗外の『妄想』の中の、

多くの師には逢ったが、一人の主には逢わなかったのである。

と関連づけられるのではないかと考えている。

『方丈記』と『平家物語』が描き出したのはほぼ同時代であり、転換期・乱世であった。少年期に幕藩体制から明治新政府への転換を体験し、やがて明治四十年代を迎え、世情が穏やかならざる相を見せ始めるようになった時、五十歳を迎える鷗外がその思いをどう表現すること

が出来たであろうか。その結果としてのArbeitが『妄想』だったのではないだろうか。

## 付説II 『老子』第八十章

小国寡民。使有什佰之器而不要。使民重死而不遠徙。雖有舟輿、無所乗之。雖有甲兵、無所陳之。使人復結縄而用之。

甘其食、美其服。安其居。楽其俗。隣国相望。鶏犬之声相聞。民至老死。不相往来。

(国を小さくし民を寡《すくな》くす。什佰《じゅうはく》の器有るも用ゐざらしめ、民をして死を重んじて而《しか》して徙《うつ》るより遠ざからしむ。舟輿有りと雖も、之に乗る所無く。甲兵有りと雖も、之を陳《つら》ぬる所無し。人をして復《また》縄を結びて之を用ゐしむ。

其の食を甘《うま》しとし、其の服を美しとす。其の居に安んじ、其の俗を楽しとす。隣国相《あい》望み、鶏犬の声相聞こゆるも、民は老死に至るまで、相往来せず。)

この文章は『老子』の第八十章であるが、このような考え方は明らかに「富国強兵」の国是には反するものであり、陸軍という組織の中で生きてきた森鷗外の立場においては到底受け入れることの出来ない理屈としてあった筈である。しかし、組織の中での様々な軋轢を経験し、台湾派遣や小倉への左遷人事といった逆風を経験し、さらには世の中の風潮に違和感を覚えるようなことが積み重なってくれば、老荘的な思考には、「表儒学に裏老荘」といった言葉があるように、心をおだやかにする何かがあり、そこに惹かれる鷗外がいても不思議ではない気がする。

## 付説Ⅲ　鷗荘について

ア　森於菟は「妄想の家」（『木芙蓉』昭和三十一（一九三六）年九月　時潮社所収）で「鷗荘」について次のように書き、

私の父が上総の別荘をつくったのは明治四十年頃から計画をして同四十二年落成したのである。そのころの事情に就いては叔父潤三郎著「鷗外森林太郎」に詳記してある。日露戦役から凱旋した後で、雑誌「昴」が発刊されるより前である。あまり豊かでない家に生まれた父の為に永年家計を執った祖母は、父と其弟妹のすべてが身を立て、家にも多少余財を生ずるやうになったので別荘をほしがってゐた。鎌倉や軽井沢の地をすゝめる人もあったが、世間に聞こえた別荘地で人の多く集まる所を父は好まない。そのうち父の親友の賀古鶴所氏が千葉県（上総国）夷隅郡長者町の海岸に別荘をつくる為地面を買ったので、父にもその近くに家を建てないかとすゝめた。父はこれに応じて長者町に隣接した東海村日在の海岸で松林に被はれた丘三百坪ほどを買って小別荘を建てたのである。

別荘の計画はこれより前からで横須賀辺を物色し、後に此の地を相する事になったのである。

あるいは、また、

別荘の地を探したのは賀古氏の勧説に従った父であるが、家の設計と工事監督をしたのは祖母である。長者町と大原との中間にあった小駅三門から約二町、いくつかの丘陵が相断続して東南方の太平洋に向ひ、全体としてつくる湾の東北には大東岬、西南には八幡岬が突出し、丘は皆若い赤松の林に被われてゐた。家の建てられたのはその一つの海に寄った際で元来丘が海から打ち上げられた砂の築いた堤防のやうで、その直下には婉誕として迂回する夷隅川の水が丘の裾を洗ってはるかに西南、大原町近い小浜まで伸びて海にそゝぐ。

家はひょろ長い松の幹に囲まれて十畳一間とそれから廊下つづきに海の方に突き出した八畳それに玄関の六畳、外には台所と湯殿だけである。松の幹は細いがこの小さい平屋の軒をぬいた上の方では互いに枝葉かはして時には颯颯たる松籟を耳にする事も出来、湯殿から舞ひ上がる蒼白の烟は見渡す限り松ばかりこの砂山に霞をたなびかせる。

玄関は南方にむき、松林を西から東へ縦に貫いて漁夫の櫂を肩にして通ふ小径に向かひ、格子のはまった上の梁にかけられた額に「鷗荘」の二字がある。中村不折の書で北隣の丘の丘にやゝ海より遠く建てられた賀古氏の「鶴荘」と対をなし、莫逆の友である両人が世を外に其の老後を送る為につくられたので、「明月好三径夜、緑楊宜作両家春」の境地を期したのであらう。

とも書いている。この森於菟の文章について長谷川泉は「鷗外日記が示すように、日在の地を先に選定したのは森家」であり「賀古の勧めに従ったものではない」とし、森於菟の記憶違いを指摘している（「鷗外」二十一号「編集覚え書」昭和五十二（一九七七）年七月）。山口徹氏はこの長谷川の指摘を丁寧に確認した上で、『妄想』と言う作品をドラマテイックに演出する舞台が、他家の勧めという受動的・偶発的な働きかけによってではなく、主体的・計画的に選ばれたことを確認する重要な指摘」であるとする。平成二十八（二〇一六）年十二月二十六日の大妻女子大学の鷗外研究会での「鷗外『妄想』周辺―ファウスト受容と作品生成」と題した発表のレジュメ。及び、森鷗外記念会「鷗外」一〇二号（平成三十（二〇一八）年一月）所収の「鷗外『妄想』

周辺―ファウスト受容と作品生成」参照。

森於菟の引く白居易の詩も確かに頷けるのだが、『山家集』や『新古今和歌集』巻第六冬六二七番歌「題知らず」の西行法師の次の歌、

さびしさにたへたる人の又もあれな庵ならべん冬の山里

の心境に近いものがあるではないかとも私には思われる。「冬」とは四季だけではなく人生のところどころに確かに存在する季節なのではなかろうか。

イ　朝井まかて『類《るい》』（令和二（二〇二〇）年八月集英社）は森類の生涯を余すところなく描いており、「16春の海」は日在の森類の家で閉じられている。

**付説Ⅲ　鷗荘の位置について**

よく知られた江戸の川柳に、

江戸ならば深川あたりに喜撰すみ

がある。この句には、かつて松尾芭蕉「古池や蛙飛びこむ水の音」の句碑が今に残る芭蕉庵を結び（現在の東京都江東区常盤町一丁目）、歌舞伎舞踊の『六歌仙姿彩』の喜撰法師が「辰巳常盤町」と縁があったことが響いていると考えられる。深川の地というのはお城（江戸城、明治以降は皇居）から東南の方向、つまり巽（辰巳）の方向に当たり、木場として発展する一方、富岡八幡宮や深川不動尊の門前町として、花街を持つ繁華街でもあり、「辰巳芸者」の名も高かった。が、それはさておき、お城から辰巳の地を結ぶ線をそのまま真っ直ぐに延長していくとおよそいすみ市あたりで太平洋に出る。この位置関係を鷗外自身が意識していたかどうかはもちろん不明だが、「鷗荘」は、確かに「都の辰巳」に建てられている。『東京方眼図』を考案し、都市についても一家言のあった鷗外のことである。日在の地に別荘を造るときに、喜撰法師の和歌が頭を過った可能性は十分あるし、もしそうであったら、『妄想』が書かれることになるのにも、必然があったということになるのかも知れない。

なお、蛇足を加えれば、芭蕉の『幻住菴記』の幻住菴は大津市国分にあるが、第一表に見たのと同じ形態を持っており、『池亭記』『方丈記』そして『妄想』へと続く隠逸の文藝史の中に位置付け得る要素を十分に保っているといえるのは確かなことであろう。

◎使用本文は、現在流布しているものの中で入手しやすいものを選び、適宜必要に応じて字体や仮名遣い等を私に改めた。

◎本稿は日本文学風土学会（平成二十九年六月十七日小田原郷土博物館）・鷗外研究会（平成三十年三月十七日大妻女子大学）での報告したそれぞれの内容を基にしている。また成稿にあたっては、いすみ市文化財保護協会の松本輝明氏、佐久間廣幸氏、いすみ市郷土博物館（田園の美術館）のスタッフの皆様から多くのご教示をいただいた。また一五七頁の図版は宇治市歴史資料館から御提供いただいた。感謝申し上げます。

# 近代歌人と宇治
## ――与謝野鉄幹と晶子――

小清水　裕子

### 初めに

与謝野鉄幹・晶子夫妻は日本に限らず、中国、ヨーロッパなど、非常に多くの旅をした。その数多くの旅は、夫妻によって詩歌や文章で表現され、その作品は世に愛されてきた。そしてそれらの作品は日本各地や海外で、歌碑等の建立といった形で顕彰されている。

さて、与謝野夫妻が宇治を二人揃って初めて訪問したのは明治三十五年一月で、次は大正十三年十月であった。ともに夫妻にとっては特に感慨深い旅であった。というのは、明治三十五年の訪問は二人の入籍に伴う旅であり、大正十三年十月は前年九月一日の関東大震災で被災し、執筆中の「源氏物語訳」が焼失するという大事件後、初の夫婦揃っての関西方面への遠出であったからである。
明治期の旅も昭和期の旅もいずれも宇治だけを目的地に旅したものではないが、二人の人生にとっては特に忘れがたいできごとがあったことを示しながらその作品をここに紹介したい。

## 与謝野夫妻の入籍前の宇治の歌

与謝野夫妻が「揃って」初めて宇治を訪れた明治三十五年以前にも、宇治を詠んだ歌が、鉄幹と晶子それぞれあるので紹介しておきたい。

### ○鉄幹

鉄幹は父を含め家族が明治十八年頃に一時的に宇治に暮らしたことがある。また、宇治には親戚もあり、妹が宇治に嫁いでいることから、鉄幹にとって宇治はゆかりのある土地であった。次の鉄幹の歌は明治三十四年、鉄幹二十九歳の九月のもので、十年前の自身を回顧した歌だ。

宵月にうすものたたむ宇治の楼十九の夏の痩のすぎずや　（明治三十四年九月「新文芸」）

この歌が詠まれた明治三十四年は、鉄幹の身辺は騒然としていた。鉄幹を文壇上から失墜させるべく『文壇照魔鏡』での誹謗中傷事件に始まり、四月は鉄幹の長男の萃《あつむ》の戸籍問題で内縁の妻である林瀧野と離別することになり、そして晶子が六月に上京し同棲が始まる。その晶子が八月に『みだれ髪』の出版を果たすなど、鉄幹の人生においても激動期であったことは言うまでもない。この歌はこのような折、鉄幹が十年前の「十九歳の夏」はどうであったかと思い返しているもので、それは明治二十四年の夏と思われる。明治二十二年から二十五年の鉄幹の青春にとっては非常に大きな事件があった。それは教え子浅田サタとの恋愛事件である。鉄幹は明治二十二年から山口県徳山の兄・赤松照幢（徳応寺住職で徳山女学校を経営）のもとにあって、兄の経営する女学校に教師として勤めていたが、教え子の浅田サタとの恋愛事件が評判になり徳山には居辛くなってしまう。そして京都の両親のもとに身を寄せることになった。この京都滞在後に鉄幹は意を決して上京し、落合直文、森鷗外からの教えを受けるようになり、人生の大転機を迎えることになったのである。

## ○晶子

晶子の宇治を詠んだ歌は、晶子の短歌ではかなり初期に見られている。歌の発表は鉄幹との対面の直前、明治三十三年八月一日の「関西文学」に八首発表されたうちの一首である。この「関西文学」に発表した八首の歌に対して晶子自身は明治三十三年八月二十三日広江洒骨に宛

てた書簡(1)に

関西文学にありしうたあれハまだよしあしといひしころに出せしふるい歌ニ候　御はづかし…

と、最近詠んだ歌ではないことを明かし、気後れしている。その歌は

君のせて宇治橋渡る若駒のたてがみ払ふ朝の風かな

朝のすがすがしい風を受けて宇治橋を渡って行くその君は、宇治の姫君を訪ねる『源氏物語』の薫か匂宮かと、想像を掻き立てられる一首である。晶子は堺の少女時代より『源氏物語』を愛読していた。『源氏物語』だけではない、父や兄の蔵書である古典作品を店番をしながらこっそりとではあるが、夢中になって読んでいたことなどを折にふれ告白している。しかも漢学塾にも通い『源氏物語』と深い関りのある白楽天の漢詩「長恨歌」や唐詩を学んでもいた。このように既に古典に造詣の深い晶子はこの歌の発表される五ヶ月ほど前に、河野鉄南にあてた明治三十三年三月五日の書簡(2)に、

あなた様源氏を御あいどくあそばすよし御なつかしくぞんじ上参候　あなた様かの物語の女性のおほき中に誰にもっともおほく同情をよせさせ給にや　承らほしく存じ候。それニて御理想のおはすところ伺ハむなどゝ云ふ野心あるにてはゆめおはさず候へどたゞ一寸きゝたきのに候　私は上なき色の紫の上よりも宇治の大姫がうらやましく候　かほるの君程の人をあれ程に泣かしてあれ程に思はれてそしてはやく死でいつまでも餘韻ながく恋はれてあのやうにおもはれてこそと私はぞんじ参候

と、『源氏物語』に登場する女性たちの中で誰のことが気にかかるかを尋ね、晶子自身は宇治の大君がうらやましいと述べている。さらにこの月末三月二十九日に再度晶子は河野鉄南に宇治の姫君の話題の続きを書簡にしたためている。(3)

宇治の大姫君よりもかほるの君の方に同情をよするは私もに候　私はたゞうらやましいと申せしに候　あのやうの人にあれ程おもはれてそして人の心のあぢきなき末まで見で死にたいと申せしに候

これらを見ても晶子の『源氏物語』の宇治十帖に寄せる特別な思いの深さが窺われるのである。書簡の中では若い晶子は宇治の姫君の中では大君に魅せられているが、次第に浮舟へとその志向が変化していく。その一例として大正三年一月十七日、平出修にあてた書簡[4]に

源氏の下の二をおよみ下さいましたのですか、およみものゝ多い中で、ありがたうございました。浮舟は私が一番好きな女でございます。内のにほひのゆたかにする近代的の人でございませう。

と、自著の『新訳源氏物語』を平出修が読んだことを踏まえて述べた。その後も晶子は『源氏物語』で好きな女性の名を挙げるときに、大君ではなく、浮舟の名を挙げるようになる。

## 与謝野夫妻揃っての初の宇治訪問

さて、先述したが、与謝野夫妻揃って初の宇治訪問は明治三十五年一月である。鉄幹にとっては対外的には大阪の文学同好会の新年会に出席するための旅で、宇治には新年会の帰途に訪れたのである。ここで「対外的」という表現を敢えて用いたのは、明治三十五年二月一日発行の「明星」の「社告」に、

小生旧臘卅一にちより小島烏水君と共に大坂に向ひ、同地に於ける新春二日の文学同好会の新年大会に列することを得たり。

と、記されるように、ここに一緒に東京を出発した晶子の名は全く表れない。確かに晶子はこの時、一月二日の新年会には出席せずに、堺の実家に向かい、一泊したので、プライベートな旅行と見て、晶子の名を挙げなかったとも考えられる。このように晶子が大阪での新年会への出席を控えたことについて逸見久美氏は

同棲から結婚へ踏み入ったことへの非難を慮ってか、新年会に出席しなかった(5)

と指摘している。この同棲であるが、晶子は明治三十四年六月に、京都の学校にいる妹のさとを訪ねるとして、母の協力のもと父を欺いて東京の鉄幹のもとに身を寄せたのである。そして与謝野夫妻の激動の人生が始まったのである。当然、この明治三十五年新年まで、晶子が堺の実家を訪ねることはなかった。そして、この度、堺の実家を訪ねた目的は晶子が与謝野家に入籍する為に鳳家から戸籍を移す手続きの為であったのだ。

さて、鉄幹は同誌上で短歌を三十首詠んでいるのだが、「舞の袖」の詞書に「この一月に小島烏水と畿内に遊びて作る」と添えるのみで、やはり晶子の同伴は明示していない。しかし、その作中には晶子を伴っていたことが表れている。

あわただしひと夜泊めての朝撫で髪君が和泉の御母に泣かる
京に入りて妻とささぐる墓のしきみ親讃ずるに歌なほ足らぬ　（西大谷にて）

特に「あわただし」の歌は翌月、三月一日の「明星」の「鉄幹歌話（六）」で取り上げ、晶子の堺帰省のひと夜の下りが良く理解できる。

二百里を帰りこし子、わびびとの妻のあわただしの旅や、ひと夜を抱いて寝もせず、ただ語り明して、朝はもう帰さねば成らず、せめては後ろへ廻りて情は手づからの撫でつけ髪、よい髪によう適ふた髷、とても此方の髪結には結へぬ振と、つつみ給へど別れの御涙、襟にもつたひしぞかし。

母と娘の切ない一首であることが良く理解できる。また次の「京に入りて」の歌は鉄幹が

「妻」である晶子を伴って京都にある両親の墓を訪れて結婚を報告したことが窺われる一首である。

二人揃っての宇治訪問は、この鉄幹の両親への墓参の直前であった。

もののあはれ歌に知る身や世にもろき我れ頼政の宇治を悲しむ　（平等院にて）

この歌は宇治の平等院の扇の芝で最期を遂げた『平家物語』の「橋合戦」や謡曲「頼政」でも有名な源頼政のことを詠んだものだ。『平家物語』巻第四「宮御最期」に、頼政の自刃して果てるその時まで、歌を忘れなかったことがより一層のあはれを喚起し涙を誘う場面である。

埋木のはな咲く事もなかりしに身のなるはてぞかなしかりける

これを最期の詞にて、太刀のさきを腹につきたて、うつぶさまにつらぬかってぞうせられける。其時に歌よむべうはなかりしかども、わかうよりあながちにすいたる道なれば、最後の時も、忘れ給はず。(6)

この頼政の辞世の詠歌を踏まえての鉄幹の歌である。不遇の最期を遂げた頼政をより激しく悲しんでいる歌である。先に述べたが、鉄幹にとっての明治三十四年は騒然とした一年であった。何より文壇照魔鏡事件は鉄幹にとってかなりの打撃であった。そのような事件を経験し、この世の不遇に対して鋭敏に感じ取っているのだろうか。

さて、一方の晶子は鉄幹が頼政を詠んだ同号で「春雨傘」を発表している。晶子はこの旅のことを十五首詠んでいるが、直接宇治に関わる歌はない。尚、この「春雨傘」より、晶子が与謝野姓を名乗っているのは、宇治を訪れて直近の一月十三日に与謝野籍に入籍を果たしたためである。晶子はさらに次号三月一日の「明星」で「緋桃日記」と題して、二十五首を詠んでいる。そのなかに

春の夜を化物こわき木幡伏見相ゆく人に宇治は二里の道

という一首がある。明らかに『源氏物語』の宇治十帖と重ねていると思われるものである。『源氏物語』の「椎本」では木幡を「木幡の山のほども、雨もよにいと恐ろしげなれど…」「浮舟」でも「木幡山はいと恐ろしかなる山ぞかし」と描写している。ちなみに晶子は『新訳源氏物語』で後者を「雨もよひの空に木幡山の下を通る道は恐しい程もの淋しいが…」と口語訳している。木幡は巨椋池に臨み、藤原氏の墓所が置かれている地であり、その山側には多く

の御陵もある。こういった鬱蒼としたひと気のない場所だけに、木幡を恐ろしい感じのする場所と捉えている。また、宇治十帖を意識しながら詠んだであろうこの歌と同様に、晶子もどこか不安な心境が通じていたと思われる。さらに、この「春の夜を」の歌は、鉄幹が前号で平等院の頼政、『平家物語』を想起できるものを詠んだのに対して、晶子は『源氏物語』を想起できるものを詠んでいるという対比にも注目したい。

以上、与謝野夫妻の初の宇治訪問についてその背景を歌を用いて解説してきた。言を重ねるが、この宇治訪問を含む旅は鉄幹と晶子が籍を入れて、法的にも夫妻となる為のものであったため、決して忘れえぬ旅であったのは自明である。

## 晶子の「源氏物語礼讃」歌

一般的に宇治と与謝野夫妻との関りでまず想起されることは、晶子の「源氏物語訳」の「宇治十帖」であろう。実際に宇治の観光案内には宇治十帖の舞台に相応しい「源氏物語ミュージアム」はじめ、宇治十帖の古跡と共に与謝野晶子の歌碑が案内されていて、多くの人が訪れている。

この晶子の歌碑は宇治上神社と源氏物語ミュージアムとを結ぶ遊歩道である「早蕨の道」に建てられていて、『源氏物語』の中の「宇治十帖」のそれぞれの巻名にちなんだ晶子歌、それぞれ一首が碑の表裏に五首ずつ、合計十首が晶子の直筆で刻されている。また、この歌碑のもとにはこの歌碑のことを説明した『「宇治十帖」の歌碑に寄せて』と題した石碑が添えられている。

与謝野晶子が夫の寛とともに山水景勝の地宇治を訪れたのは、一九二四（大正十三）年十月十四日のことであった。……『源氏物語の舞台となったこの宇治の地に、晶子没後五十年・市政四十周年を記念して、ゆかりの「宇治十帖」十首が晶子の真筆によって刻まれることを心から慶賀するものである。

一九九二年一〇月吉日　　太田　登

出典　源氏物語礼讃「明星」一九二二（大正十一）年一月号

筆蹟　与謝野晶子・堺市博物館蔵巻物

この石碑に示された通り、歌碑の十首は晶子が「明星」大正十一年一月号に発表した「源氏物語礼讃」である。ちなみにこの大正十一年一月号の「明星」は、三か月前の大正十年十一月に再刊となった「明星」の三号目にあたり、再刊後の初の年頭号にもあたる。当然、新年を寿ぎ、将来への希望に満ちる高揚した意識を含んでいるものと推察できる。つまり、再刊初の新年号に掲載するのにふさわしい歌として「源氏物語礼讃」歌が掲載されたと考えられる。

さて、この「源氏物語礼讃」歌は一般に人気があり、晶子は生涯にわたって揮毫を求められて流布しているが、ここに出版された「源氏物語礼讃」歌を整理したい。大正十一年一月の「明星」掲載から約二年半後、大正十三年五月に刊行の晶子の著書『流星の道』（新潮社）に「絵巻のために」の項に「源氏物語」と題した五十四首、「栄花物語」と題した二十一首、「平家物語」五首の中に収められている。この『流星の道』は関東大震災後に初めて晶子の単著として出版された記念すべきものであった。

次にはその十五年後、昭和十三年刊行の『新新訳源氏物語』の各巻の冒頭に独立して一頁を使う体裁でこの「源氏物語礼讃」歌が掲載されているのである。

さて、石碑の「筆蹟」に明示されているこの歌碑

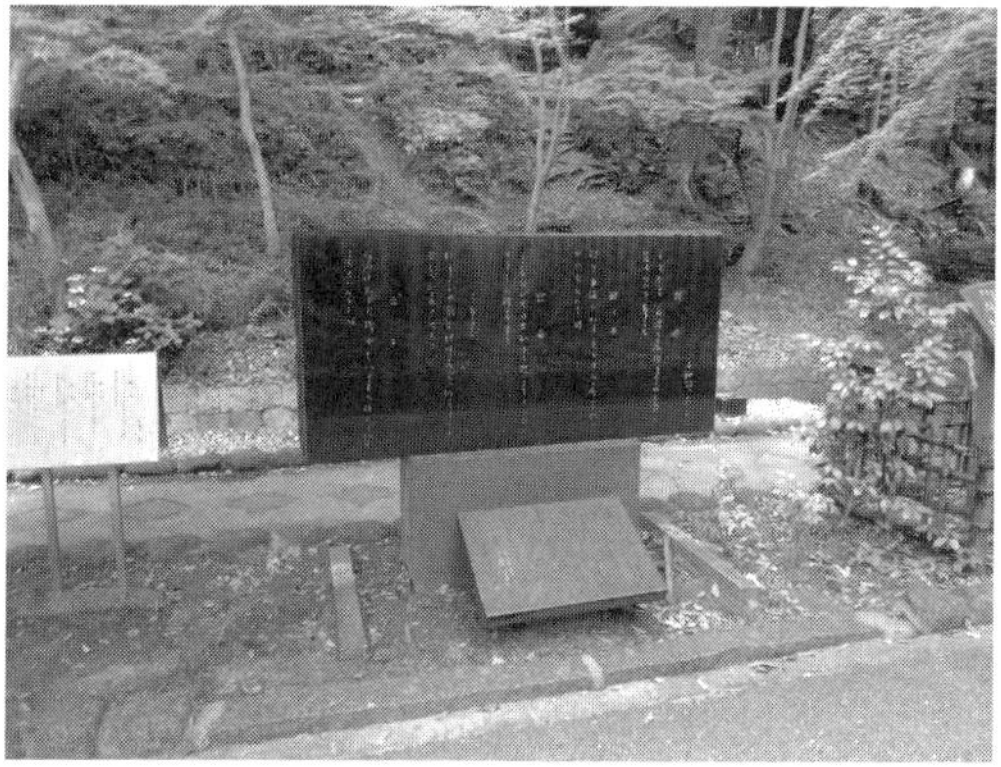

歌碑

の晶子の筆跡は、昭和十四年に晶子が揮毫した堺市博物館の所蔵する「源氏物語」の巻物からであるので、「源氏物語礼讃」歌としては前年に刊行された『新新訳源氏物語』のものと時系列としては近いため、これにほぼ同じである。一方、大正十三年の『流星の道』の「源氏物語礼讃」歌とは明らかに異なる歌も見られる。「東屋」「手習」「夢の浮橋」がそうである。その歌の変化もまた味わい深いものではないだろうか。

以下に、宇治十帖のみであるが、早蕨の道の石碑に刻された「源氏物語礼讃」歌の異同を参考としてまとめた。

橋　姫

しめやかに心の濡れぬ川ぎりの立舞ふ家はあハれなるかな　（歌碑）
しめやかに心の濡れぬ川霧の立ち舞ふ家はあはれなるかな　（『流星の道』）
しめやかにこころの濡れぬ川霧の立ちまふ家はあはれなるかな　（『新新訳源氏物語』）

椎　が　本

朝の月涙の如し真白けれ御寺のかねの水わたる時　（歌碑）
暁の月涙のごとく真白けれ御寺の鐘の水わたる時　（『流星の道』）

朝の月涙のごとくましろけれ御寺の鐘の水渡る時
『新新訳源氏物語』

総　角

こゝろをバ火の思ひもて焼かましと願ひき身をば煙にぞする
（歌碑）
心をば火の思ひもて焼かましと思ひき身をば煙にぞする
『流星の道』
心をば火の思ひもて焼かましと願ひき身をば煙にぞする
『新新訳源氏物語』

さわらび

さわらびの歌を法師す君に似ずよき言葉をば知らぬめでたさ
（歌碑）
早蕨の歌を法師す君のごとよき言葉をば知らぬめでたさ
『流星の道』
早蕨の歌を法師す君に似ずよき言葉をば知らぬめでたさ
『新新訳源氏物語』

宿　木

おふけなく大御女をいにしへの人に似よとも思ひけるかな
（歌碑）
おほけなき大みむすめを古の人に似よとも思ひけるかな
『流星の道』
あふけなく大御むすめをいにしへの人に似よとも思ひけるかな
『新新訳源氏物語』

## 東屋

ありし世の霧きて袖を濡らしけりわりなけれども宇治近づけば　（歌碑）
朝霧の中を来つればわが袖に君がはなだの色うつりけり　（『流星の道』）
ありし世の霧来て袖を濡らしけりわりなけれども宇治近づけば　（『新新訳源氏物語』）

## 浮舟

何よりも危きものとかねて見し小舟の上に自らをおく　（歌碑）
何よりも危きものとかねて見し小舟の上に自らを置く　（『流星の道』）
何よりも危ふきものとかねて見し小舟の中にみずからを置く　（『新新訳源氏物語』）

## 蜻蛉

ひと時は目に見しものをかげろふのあるかなきかをしらぬはかなさ　（歌碑）
一時は目に見しものを蜻蛉のあるかなきかを知らぬ果敢なさ　（『流星の道』）
ひと時は目に見しものをかげろふのあるかなきかを知らぬはかなき　（『新新訳源氏物語』）

手　習

ほど近き法の御山をたのミたる女郎花かと見ゆるなりけれ　（歌碑）
覚めがたか夢の半かあなかしこ法の御山に程近く居る　（『流星の道』）
ほど近き法の御山をたのみたる女郎花かと見ゆるなりけれ　（『新新訳源氏物語』）

夢の浮橋

明くれに昔こひしきこゝろもて生くる世もはたゆめのうきはし　（歌碑）
螢だにそれとよそへて眺めつれ君が車の灯の過ぎて行く　（『流星の道』）
明けくれに昔こひしきこころもて生くる世もはたゆめのうきはし　（『新新訳源氏物語』）

## 源氏物語訳

さて、巷間に「晶子源氏」と呼ばれる、晶子の『源氏物語』訳は出版されたものとしては明治と昭和に出版されたものがある。先ず、『新訳源氏物語』は明治四十五年に与謝野夫妻の渡欧資金の工面をするという目的もあり、森鷗外の援助を受けながら執筆したものであった。その『新訳源氏物語』のあとがきに、晶子の『源氏物語』歴と出版に寄せる熱い思いが語られている。

十二歳頃から有って居た原著の興味に牽かれながら、この書の訳述を過去三年間の自分の仕事の中心として微力を傾けて居た為めに、最初の予定よりも速かに完成することを得たのである。顧みれば無理な早業を仕遂げてほっと一息つく感がないでもない。

源氏物語は我国の典の中で自分が最も愛読した書である。正直に云へば、この小説を味解する点に就いて自分は一家の抜き難い自信を有って居る

そして次いで、鉄幹の死や自身の病を乗り越え昭和十三年に出版した『新新訳源氏物語』である。そのあとがきに執筆動機が明らかにされている。

私は今を去る二十八年の昔、金尾文淵堂主の依頼に由つて源氏物語を略述した。新訳源氏物語が其れである。森林太郎、上田敏二博士の序文と、中沢弘光画伯の絵が添つて居た。その三先生に対して粗雑な解と訳文をした罪を爾来二十幾年の間私は恥ぢ続けて来た。いつかは三先輩に対する謝意に代へて完全なものに書き変へたいと願つてゐたのであるが実現は困難であつた。今から七年前の秋、どんなにもして時を作り、源氏を改訳する責めを果さうと急に思ひ立つ期が来た。そして直ぐに書き初め、書き続け、少い余命の終らぬ間

を急いだ。

そして実はもう一つの晶子の「源氏物語訳」が存在していた。人口に膾炙している関東大震災で焼失してしまった「源氏物語口語訳」がまさにそれである。これは与謝野夫妻の文芸の活動を生涯支え続けてきた大阪の実業家で自身の文芸活動にも熱心であった小林天眠（政治）からの依頼で、明治四十二年に執筆を開始した「源氏物語口語訳」であった。既に明治四十五年に刊行された『新訳源氏物語』とは別に先行して執筆していたものであった。そしてあとは宇治十帖を残すのみというまさにその時に大震災に遭遇してしまったのである。

## 旅を歌う ―― 第二回宇治訪問

与謝野夫妻の第二回目の宇治訪問は大正十三年十月である。これは前年の九月一日に関東大震災で被災して以来の初めての関西方面への長旅であった。関東大震災では自宅は無事であったものの、文化学院が被災し、そこに置いてあった膨大な原稿、特に晶子が小林天眠からの依頼で明治四十二年より執筆していた「源氏物語口語訳」が焼失してしまったことは何より悔やまれることであった。また、「明星」の休刊を余儀なくされたことは与謝野夫妻にとっては相当な痛手であった。しかし、夫妻の復興への意欲とそれを支える門弟もあって、五月には晶子が『流星の道』を刊行し、六月には「明星」を復刊させた。やっと、夏を過ぎ、日常を取り戻しつつある中で、九月十五日に小林天眠に鉄幹が宛てた書簡に(7)

小生夫婦と外に一両人にて石山へ一泊（柳屋）歌を詠み候計画につき、その節一寸お伺ひ致すべく、久々に皆様に御目に懸り得ることを喜び候。但し石山に一泊あとハ苦楽園に一泊して帰路につき申候確定に候。

とあり、この段階ではまだ宇治を訪ねることは計画に無かったことがわかる。次に十月八日に小林天眠に宛てた鉄幹の書簡(8)には

さて石山へハ十二日に参り同夜と翌夜と二日歌を柳家にて詠み度と存じ候。同行ハ東京より小生夫婦の外に四人、名古屋より伊藤君外一人に候。之に御池の萬造寺斎君、大阪の清水卓司君、岡山の正宗敦夫君、大阪滞在中の石井柏亭、荻野綾子二君が来会の筈に候。右終つて更に奈良か、苦楽園か、宇治かに一泊して帰京致したき計画に候。

とあり、この段階で、旅行の宿泊先の一候補地として宇治があげられている。実際の旅行の行

程や参加した人物については大正十三年十一月の「明星」の「一隅の卓」に晶子が書いている。

近江石山の月を観たいと云ふ良人の発議で、十月十二日の朝の汽車で東京を立ちました。

と、述べ、東京から山下新太郎、正宗得三郎、高木、関戸、奥田と同行し、名古屋で伊藤、長司と合流し、京都から小林夫妻、岡山から正宗敦夫、大阪から田村黄昏、森繁夫、石井柏亭、萬造寺斎の総勢十三名が一同に石山寺に会したことが続いて述べられている。鉄幹が石山寺を開放して貰い、その観月台の傍らで美しい月を堪能し、肝心の歌会は話が弾んだために開かれなかった。そして翌日、船で三井寺に行き、疎水を通って京都に一泊した。この間、伊上凡骨が合流したり、また、参会していた者が出入りして、結局翌日、十月十四日は与謝野夫妻と山下新太郎、石井柏亭、萬造寺斎、関戸信二の六人で宇治の「浮舟」（現在の「花やしき浮舟園」）に泊まり、やっと「初めて少しばかり旅中の歌を詠むことができました」と晶子は述べている。

その宇治に宿った時に詠まれた歌を同号の「明星」の「石山より宇治へ」と題して、鉄幹も晶子もそれぞれ五十首詠んでいる。この「石山より宇治へ」の題名によって初めて宇治が旅の目的地として明確に認識されたことが示されている。

また、「石山より宇治へ」という題名を『源氏物語』からの連想で見ると、石山寺は紫式部の『源氏物語』執筆の縁と想起されるのだが、残念ながら晶子はこれを「俗説」とし、否定的であったことが「紫式部考」で述べられている。また、ここに『源氏物語』の構成についても言及し、「二大部に分れて居る」とし、「此に溌溂たる感興の湧く儘に新しく筆を起したのが、薫の大将と浮船の君とを主人公とした後の宇治十帖であらう」と述べている。晶子にとっては宇治十帖は溌溂たる感興によって産出されたみずみずしい魅力的な物語として心に響いていたことが理解できる。

さて、この宇治の旅で与謝野夫妻が宇治を詠んだ歌を抜き出して紹介する。

**○鉄幹**

秋晴れて網を干せるもいにしへの旅のこちす宇治橋のもと
宇治川のみぎはの木立秋に染み黄ばむなかより見ゆる石原
水のうへ鳳凰堂にのこりたる王朝の朱のほのかなるかな
をさなくて茶の木畑にあそびしは宇治の何処ぞ母の里方
近く来て十三塔の石づたひ浮島の洲にひろがれる月
更くるまま水さかしまに立つと見る白き月夜の宇治川の塔
われならぬ若人は皆なげくこと恋をはなれず宇治の夜がたり

浮舟の秋の寝覚に月かげと共に澄み入る宇治の川音
宇治に寝て水と月とに澄みとほる心のうへのあかつきの鐘

## ○晶子

宇治殿の鳳凰堂の簀子《すのこ》にて眺むる山を霧流れ行く
定朝の御仏のごと黄金をふたたび胸に塗るよしもがな
極楽の雲とむかしも思ひけん鳳凰堂の朱のうつる池
胸にあり平等院の須弥壇の螺鈿のあとにくらぶべき
限りなく水青くして洲の白くかもめの白し宇治の橋のもと
法師なる喜撰が嶽に皆ならひつつましやかに重れる山
滋賀の夜の十いく人は草まくらものうかりけん六人《むたり》になりぬ
草は先づ十三党塔のましろさに露おきわたす月出づるまへ
槇の尾の山より出づる霧を負ひ船くだりゆく青き川かな
川霧の茶園に這へる中ゆけば波しらじらと彼方に立つ
宇治橋を春日使の練る日にもあらねど霧を分けて入行く

晶子の歌は後に昭和三年六月刊行の『心の遠景』に最後の三首「槇の尾の」「川霧の」「宇治橋を」を除く八首を収めている。そして『心の遠景』の「自序」に晶子は「旅中の作が多くまじつて居ます」と述べるとともに旅した場所を列記し、その中に「宇治」の地名も見られている。すなわち、宇治を旅で訪れた場所とはっきりと認識しているということだ。

さて、この夫妻揃っての二回目の宇治訪問で鉄幹、晶子共に宇治平等院鳳凰堂、宇治橋界隈、宿「浮舟」界隈を詠んでいる。平等院の鳳凰堂では晶子の歌から鳳凰堂で、堂内と外の景物を眺めたことが窺える。特に晶子の「極楽の雲とむかしも思ひけん」の歌は、明治三十五年の入籍するための帰郷に伴って訪れた時のことであろうか。そして宿った「浮舟」から至近の十三塔を詠んでいる。この「浮舟」での宿りは夜更けまで歌を詠み語りあった。夜更けになって寝静まった宿には宇治川の川音がその静寂を際立たせ、月明かりに十三塔が夕方の景色とはまた違った趣で目に映ったことがわかる。また百人一首の定頼の「朝ぼらけ宇治の川霧たえだえにあらはれわたる瀬々の網代木」と季節は異なるものの、宇治らしい「霧」が立ち込める宇治橋を橋のふもとの茶園で経験したのであった。

この、宇治川を中心にした古都の風土をどのよう捉えていたのかは、フランスの一都市、トゥールに求められる。明治四十五年六月、与謝野夫妻の渡欧時に初めて夫妻が宿泊を伴った巴里からの小旅行に選んだ場所がトゥールという古都であった。現在もパリ近郊の古城を訪ねる中心地である。ロワール川が町の中心を流れ、中世からの街並みの残る落ち着いた街である。このトゥールへの旅が与謝野夫妻の共著『巴里より』の「ツウルの二夜」にある。実はこの異国の地で祖国日本の宇治を感じ取ったのである。以下にその部分を示す。

歴史上幾多の事績を留めた旧い街丈あつて一体に嫺雅の趣に満ちた物静な土地である…何よりも先づ此地の代表的な物は山城の宇治に於ける宇治川と鳳凰堂との如く、ロアル河の明媚な景勝と市街の上に崛起して居るカテドラルの物寂びた十三世紀の古塔とである。

このように、フランスのトゥールの風土に宇治を見出している。つまり宇治は歴史と伝統のある嫺雅で落ち着いた街として認識されているのだ。

与謝野夫妻は生涯多くの旅に出かけ、多くの作品を残した。与謝野夫妻揃っての宇治への旅は夫妻にとって特に印象に残る旅であったことを夫妻の旅行の背景を中心に述べてきた。しかしその一方で宇治の風土そのものに魅力があるということは忘れてはならない。

・鉄幹・晶子の著作の本文の引用は雑誌を除き、勉誠出版刊『鉄幹晶子全集』によった。

## 参考文献

・逸見久美『新版評伝　与謝野寛晶子』明治篇・大正篇・昭和篇　八木書店　二〇〇七年八月～二〇一二年八月
・小林政治『毛布五十年』小林産業株式会社　一九四四年六月
・真鍋正宏・田口道昭・壇原みすず・増田周子編『小林天眠と関西文壇の形成』和泉書院　二〇〇三年三月
・『新編　日本古典文学全集　源氏物語』（一）～（六）小学館　一九九四年三月～一九九八年四月
・『日本伝奇伝説大事典』角川書店　一九八六年十月
・『日本古典文学全集　平家物語』小学館　一九七五年十月

## 注

（1）逸見久美編『与謝野寛晶子書簡集成　第二』八木書店　二〇〇二年十月
（2）注（1）に同じ
（3）注（1）に同じ
（4）注（1）に同じ
（5）逸見久美『新版評伝　与謝野寛晶子』明治篇　八木書店　二〇〇七年八月
（6）『日本古典文学全集　平家物語』小学館　一九七五年十月
（7）植田安也子・逸見久美編『天眠文庫蔵　與謝野寛晶子書簡集』八木書店　一九八三年六月
（8）注（7）に同じ

# 後　記

専修大学附属高校長　根　本　欣　哉

言うまでもなく古今東西、文学研究に風土的視点は不可欠といえるでしょう。我々日本文学風土学会では昭和三十八年（一九六三）、創始結成以来「風土」という観点から時代を超えて古代から現代文学に亘って主に日本文学を考察してまいりました。その過程においては日本文学に関連性の深い外国文学についても併せて研究対象にしております。

もちろん、文学研究の基盤を為す「文献学的研究」、「書誌学的研究」、「本文批評」・「文学批評」、「比較文学」や歴史的な時代背景に注目する「歴史社会学的研究」などといった研究態度・方法を軽んずるものではありません。そうした伝統的文学研究の成果を前提として、作家作品誕生の背景となる風土に着目するという姿勢を主眼としております。文献を主材とした徴証による推論立証に止まらず、自ら現地に赴きその風土に直接触れることによって得られる有形無形の様々な情報を基に文学研究を深めてきたということです。現地踏査は、作家作品がいかなる自然環境の中で生まれ育ったのかを感得することであり、また地域に伝わる民話伝説や地元ならではの口伝を知ることなど、作家作品研究には欠かすことのできない情報収集の作業であるといえます。

当初この『「宇治」豊饒の文学風土』は、平成二十八年（二〇一六）に開催された宇治平等院でのシンポジウムから一年後あまりでの出版を予定していましたが、本年令和三年の刊行となってしまいました。「令和」誕生に我が国最古の和歌集『万葉集』の存在があったことは周知の通りであります。巻五「梅花歌卅二首」に付された序文から生まれたといいます。天平二年（七三〇）の正月十三日、太宰府長官大伴旅人邸において催された梅花宴に周辺の国々から招かれた客人が詠んだ三十二首の序文は次のように記されています。

…時に、初春の令月にして、気淑く風和ぎ、梅は鏡前の粉を披き、蘭は珮後の香を薫す。加之、曙の嶺に雲移り、松は羅を掛けて蓋を傾け、夕の岫に霧結び、鳥はうすものに封めらえて林に迷ふ。庭には新蝶舞ひ、空には故雁帰る。…

と続けます。「令月」と「風和」から新元号は生まれたと言われていますが、併せて「梅」「蘭」の美しさや香しさ、擬人化された「雲」や「霧」の情景、そして鳥や蝶の描写など、まさに日本独特の伝統美「花鳥風月」そのものだといえます。この序文自体は客人の一人山上憶良作とも主催者大伴旅人作とも言われていますが、まずは初春の気配漂う太宰府に出掛けて、前年に最愛の妻を亡くした大伴旅人がどのような思いで爛漫の梅を見つめていたのか、蘭の香りを感じていたのか、その地に佇むことが文学研究文学鑑賞にとって何より肝要かと思います。

在原業平は失意の中、宇津谷峠を下ったといいます。「蔦楓」は生い茂り、「すずろなるめ」に遭うのではないかと不安な思いで下向していたときに、京に帰る修行者と出会い、京に残した妻に歌を託しました。時代の違いはあれ、宇津谷峠を難渋を極めて歩いてみることで、業平の思いにひときわ近づくことができるのではないでしょうか。

松尾芭蕉は歌枕行脚の『奥の細道』の中で

閑かさや　岩にしみいる　蟬の声

と山形の立石寺で秀吟を残しています。炎夏の中、急な石段を一歩一歩青息吐息で登りながら吟じたものでしょう。後世この「蟬」はアブラゼミであろうか、それともニイニイゼミかと斎藤茂吉と小宮豊隆の論争があったことはあまりにも有名な話です。山形出身の茂吉はあらためて立石寺に赴き、実地踏査を経て自分の誤りを認めたといいます。今ではニイニイゼミであったろうといわれています。

智恵子は「東京に空が無い」と呟いたと髙村光太郎が『智恵子抄』（レモン哀歌「あどけない

話〕に残しています。進行する心の病に悩まされていた智恵子は東京の空を眺めながら、故郷福島二本松から見上げる「安達太良」の空を思い描いていたのでしょう。安達太良に出向き、青い空の下で安達太良山を一望できる薬師岳山頂の詩碑を読み上げると、智恵子や光太郎の心に近づくこともできるでしょう。こうした例は、枚挙にいとまはありません。

文字言語や音声言語を媒体として描いた作家や描かれた文芸作品を、ひたすら文献を目の当たりにしてその心象を描き共感するに止まらず、現地に赴いて自らの目で耳でそして肌でその風土を感じ取って文学研究の一助とすることを主たる目的として、我々日本文学風土学会は活動を続けていく所存です。

「文献から踏査へ」を掲げて、それを基本的な研究態度として貫いていきたいと考えております。

このたびの刊行にあたっては、平等院で行われたシンポジウムで発表の任を務めた及川、中田、石黒の各氏と、いずれも本学会の役員である藤本、佐々木、原、小清水各氏からの御論考を賜りました。また、出版にご尽力くださった新典社の原田雅子様にも衷心より感謝申しあげます。

《執筆者紹介》（掲載順）

**及川 道之**（おいかわ・みちゆき）
秋草学園短期大学名誉教授
『日本文学の空間と時間 風土からのアプローチ』（共著）（二〇一五年、勉誠出版）、「源頼朝と陸奥の歌枕―「磐手」「信夫」「壺のいしぶみ」」（日本文学風土学会『紀事』四〇、二〇一六年三月）、「景観の形成―歌枕との関わり―」（日本文学風土学会『紀事』三八、二〇一四年三月）

**佐々木 雷太**（ささき・らいた）
（中華人民共和国）山東大学威海校区外教（日本語教師）
「三浦浄心における「陸奥紀行」の系譜」（『水門』二八、二〇一八年四月、勉誠出版）、「『勅撰名所和歌要抄』における「長明文字鏁」」（日本文学風土学会『紀事』四五、二〇二一年三月）、「日本における『六度集経』の受容」（六度集経研究会編『全訳 六度集経』法藏館、二〇二一年）

**藤本 宗利**（ふじもと・むねとし）
群馬大学共同教育学部教授
『感性のきらめき 清少納言』（二〇〇〇年、新典社）、『枕草子研究』（二〇〇二年、風間書房）、『枕草子をどうぞ 定子後宮への招待』（二〇一一年、新典社）

**中田 幸司**（なかだ・こうじ）
玉川大学教授
『平安宮廷文学と歌謡』（二〇一二年、笠間書院）、「平安宮廷歌謡と風土」（『日本文学の空間と時間 風土からのアプローチ』二〇一五年、勉誠出版）、「『枕草子』「小白河結縁八講」章段攷―散文化した〈歌ことば〉の機能―」（久保朝孝編『危機下の中古文学２０２０』二〇二一年、武蔵野書院）

**石黒 吉次郎**（いしぐろ・きちじろう）
専修大学名誉教授
『中世演劇の諸相』（一九八三年、桜楓社）、『世阿弥―人と文学―』（二〇〇三年、勉誠出版）、『中世文学の思想と風土』（二〇一九年、新典社）

**原 國人**（はら・くにと）
斛槇庵主・足立区教育委員会
『伊勢物語の文藝史的研究』（二〇〇一年、新典社）、『謎

解き森鷗外』（二〇一四年、新典社）、「『徒然草』第五二段考—仁和寺の老僧はなぜ石清水に参詣しようとしたのか」（日本文学風土学会『紀事』四三、二〇一九年三月）

小清水　裕子（こしみず・ゆうこ）
武蔵野大学非常勤講師
『歌人　古宇田清平の研究—与謝野寛・晶子との関わり—』（二〇一四年、鼎書房）、「日本近代女子教育　与謝野晶子の場合」（『日本ことばと文化』二〇二〇年一一月、カイロ大学）、「与謝野晶子の楊貴妃の短歌—杜甫の詩との関り」（日本文学風土学会『紀事』四三、二〇一九年三月）

「宇治《うじ》」豊饒《ほうじょう》の文学風土《ぶんがくふうど》
―― 成立と展開に迫る決定七稿 ――
新典社選書 102

2021年8月15日　初刷発行

編　者　日本文学風土学会
発行者　岡元学実

発行所　株式会社　新 典 社

〒101－0051　東京都千代田区神田神保町1－44－11
営業部　03－3233－8051　編集部　03－3233－8052
ＦＡＸ　03－3233－8053　振　替　00170－0－26932



印刷所　惠友印刷㈱　製本所　牧製本印刷㈱


ISBN978-4-7879-6852-4 C1395
https://shintensha.co.jp/　E-Mail:info@shintensha.co.jp